# El Congreso de Literatura

CÉSAR AIRA

# 文学会议

[阿根廷] 塞萨尔·艾拉 ———— 著　　徐泉 ————译

浙江出版联合集团
浙江文艺出版社

# 目录

# 第一部分

# 马库托之索

# 马库托之索

在刚刚完成的一次去委内瑞拉的旅行中，我有幸得以瞻仰著名的"马库托之索"。那是新大陆的诸多伟迹之一，是由不知名的海盗留下的遗产，富有魅力的旅游名胜，也是一个找不到答案的谜团。这一精妙绝伦的奇特古迹，历经多个世纪却不曾被破解，而在这一进程中，它成为了那个地区天然属性的一部分，后者是如此丰富多姿，正如其所推动产生的所有革新一般。马库托是位于加拉加斯脚下的沿海城镇之一，紧邻迈克蒂亚，也就是我抵达时的机场所在的城市。我被临时安顿到"十五个字母"入住，那家现代化的酒店就建在同名客栈及餐厅的前方，沿着同一片海岸。我的房间正对着大海，那广阔而深邃的、明媚的蓝色加勒比海。那条"绳索"离酒店也就百来米远；我透过窗户发现了它，随后走过去观看。

在孩提时代，我和所有美洲的小朋友一样，熟谙人们对"马库托之索"所做的各种徒劳无功的猜想。在它的身上，小说中所描绘的海盗世界，变得真实、有形，留下活生生的印迹。各种百科全书（我的那本名为《青少年的宝藏》，没有什么能比那几页的内容更对得起这本书的名字！）为我们带来了关于"马库托之索"的简介和照片，而我又把它们誊抄到自己的笔记本中。在一次次的游戏中，我试图打通关节，消除难点，去破解这一奥秘……后来，我从电视上看了关于"马库托之索"的纪录片，买到了某一本以此为主题的书籍，又在学习委内瑞拉和加勒比地区文学的时候多次与之相遇——在那里，它是贯穿其中的主导动机①。此外，我也和其他所有人一样（尽管并没有什么特别的利益相关），追踪着日报上刊登的各种消息：与之相关的新的理论，为了破解这一谜团所做的新的尝试……而相关尝试总是推陈出新的这一事实，足以说明前期所有的努力都以失败而告终。

根据古老的传说，海盗们把价值无可估量的战利品藏到了海底，而"马库托之索"应该是用来使秘密宝藏从海

---

①主导动机（Leitmotiv），本意是中心思想，常用作音乐术语，在音乐上也称"固定乐思"，在心理学上，指在人进行活动的过程中占主导地位的心理过程和内部动力。——译者注

底升起来的。这些海盗中的其中一位（所有的编年史调查和资料记载都没能确认他是谁）一定是一流的艺术和科学天才，一位"海上达·芬奇"，这样才可能设计出那个既能用来隐藏又能用来找回战利品的绝妙机关。这套装置拥有令人赞叹的简洁性。它就是一条"绳索"，正如名字所描述的那样，仅仅一条而已。事实上，它就是一根用天然纤维做成的缆绳，被架在马库托海岸附近的一个海底漩涡的上方，离水面大约3米高。绳索的一端消失在漩涡中，另一端则有幸得以通过由一块在离岸约200米处浮出水面的岩石所形成的天然滑轮，然后在地面上一块同样也是天然形成的方尖碑上打了几个活结并转向，随即就从那里，上升到沿海的群峦中的其中两座小山上，再折回到这块方尖碑，形成一个三角形。这一装置随着岁月的流逝始终完好无损，无须进行维护，也不需要特殊的照料——相反，面对着寻宝者们（所有的人都是寻宝者）粗鲁乃至野蛮的行径，面对着捕食动物、好奇的人群以及一拨又一拨的游客，它总是大获全胜。

我就是又一位前来的游客……也是最后一位，将来你们会明白这一点。在那一刻，我看到自己正对着"马库托之索"，略感激动。对于某一个著名的事物，不管对它了解了多少，与身临其境完全是两回事。要找准现实的感觉，

卸下梦想的纱幔——而梦想恰恰是现实的本质，并使自己
达到那一刻的水准，珠穆朗玛峰般的高度。没有必要去说
出，比起其他任何人，我都更加无法完成这一壮举。即使
如此，它就在那里……伴随着无法超越的脆弱感，美到极
致，紧绷而又纤细，汇聚着航海和冒险的古老光芒。我终
于验证关于它的那个说法是真的：它从来就不曾完全寂静
无声。在暴风雨的夜晚，狂风使它歌唱，而那些在飓风来
临时听到它咆哮的人们，在其有生之年都无法忘记它那洪
荒之狼般的嘶吼声。所有温柔的海风则触摸着这把只有一
条弦的里拉琴，弹奏出属于风的记忆。然而在那个下午，
即使风声完全静止（假使当时有鸟儿展开翅膀，那么它一
定会呈直线下坠），关于它的传闻依然如雷声轰鸣。那是低
沉又敏锐的细微声调，深深地隐藏在一片寂静之中。

　　我亲临遗迹的这一事实，对于我个人乃至全世界，都
产生了客观的、历史性的巨大影响。我的出场，毫不引人
注目，也未曾被人察觉，转瞬即逝，几乎只是又一个游客
而已……那都是因为，在那个午后，我最终破解了那个奥
秘，让那个沉睡的装置重新运转起来，并从海底深处取出
了宝藏。

　　那倒不是因为我是个天才或特别有天赋，怎么可能！
完全与之相反。事实（稍后我再对此进行解释）在于，每

个人的思想构成，与这一个体的经历、记忆和知识相一致，是这一切的总和，是所有数据的完整积累，也正是它们使其独一无二，极具个体特色。每个人都是自己的思想的主人，不管其所携带的力量大小如何，总是独一无二的，为这一个体所特有。它们使他能够完成某项"丰功伟绩"，平凡也好，伟大也好，都是唯独只有他才能够完成的。过去，在这里，所有人都失败了，那是因为他们都试图指望单纯依靠智慧和巧思在数量上取得进步，而实际上所需要的，恰恰只是任意尺度的智慧和巧思，关键则在于应当具备恰当的内涵。至于我本人的智慧，我早已亲身验证过，它是非常有限的，勉强能够让我在生活的惊涛骇浪中保持漂浮。然而它在内涵上是独一无二的，这不是因为我事先希望它成为那个样子，而是因为它本就该如此。

　　事实就是如此，在其他人身上所发生的也是一样的，在所有的地方，永远都是这样。当然，用一个取自文化界（还能从其他哪个领域举例呢？）的例子就能更为清楚地来解释这一点。一个知识分子独一无二的精神内涵，可以通过简单地把他读过的书汇总在一起得出判断。在这个世界上，有多少人可能读过这两本书：A. 波格丹诺夫①的《生

---

①亚历山大·亚历山德罗维奇·波格丹诺夫（Alexander Aleksandrovich Bogdanov，1873—1928），俄国和苏联革命家、医生、哲学家、科幻小说家、经济学家。——译者注

命经验哲学》以及埃斯塔尼斯拉奥·德尔坎波的[1]《浮士德》？我们先不去管它们可能引发的思考、共鸣和同化，因为那些必然会是个性化的、不可转让的。让我们粗暴地直接看这两本书本身。它们两者恰巧遇到同一位读者是不太可能的，一方面它们分属不相关的文化领域，同时这两本书也没有任何一本组成了全球经典作品典藏的一部分。即便如此，还是可能会有一打或是两打，分散于不同时期和地点的、接受过这一双重精神食粮的智慧人士。但是我们只要再加上第三本书，也就是雷蒙德·罗塞尔[2]的《太阳的尘埃》，就足以让这一人数骤减。如果这个数字不是"一个"（也就是我）的话，可能会是"两个"，那么我完全有理由称呼另外那个人为"我的同类，我的兄弟"。再加上一本，第四本书，我已经能够完全确保我就是绝无仅有的那个人了。而且我并不只是读了四本书而已，出于偶然或是好奇心到过我手中的书籍数量成千上万。而除了书籍以外，仅仅是在文化领域里，就还有唱片、画作、电影⋯⋯

---

[1] 埃斯塔尼斯拉奥·德尔·坎波（Estanislao del Campo，1834—1880），阿根廷诗人、记者。他创作的《浮士德》生动有趣，富于想象力，被誉为最优秀的高乔诗歌之一。——译者注

[2] 雷蒙德·罗塞尔（Raymond Roussel，1877—1933），法国诗人、小说家、剧作家和音乐家，其小说、诗歌和戏剧，对20世纪法国文学的部分作家群体产生了深远的影响。《太阳的尘埃》是其于1926年发表的戏剧作品。——译者注

所有这些，加上自我出生以来的日日夜夜所交织成的一切，给了我与其他任何一个人都不一样的思想构造。而那恰巧是用来解开"马库托之索"的奥秘所需要的；能够最为轻而易举地、自然而然地解开这一谜题，就如同2+2那样简单。当时我所说的是，为了解开这一奥秘，而不是为了把它给构思出来；我从未设想过那个把它设计出来的无名海盗是我精神上的双胞胎。我并没有双胞胎兄弟，因此，我最终得以破解这一奥秘，而在我之前，长达四个世纪里，上百位学者和成千上万的野心家们，尽管他们有着更为丰富的手段和资源，在最近几年甚至用上了潜水员、声呐系统、电脑和多学科集成设备，面对这一难题，却都徒劳无功。我是唯一的那一位，从某种意义上而言，命中注定的那一位。

然而并非字面上的独一无二，我得提醒这一点。任何一个曾经有过和我一样的经历（有一点是肯定的：必须是全部的经历，因为不可能事先推断出哪些经历会与之相关）的人，也一定会完成和我一样的举动。甚至不需要是字面上完全"相同的"经历，因为经历是可以包容相似性的。

因此我也就不过分吹嘘自己了。一切的功劳都是由于命运给我设置的偶然，恰好轮到我而已，刚好在那个地方：在"十五个字母"宾馆，十一月的某一个下午，有整整好

几个小时（我当时在机场错过了转机，得要等到第二天）
没事可干。我抵达那里的时候，并不曾心心念念记挂着
"马库托之索"，甚至都不记得它的存在。然后猝不及防地，
我发现它就在那里，距离酒店一步之遥，提醒我回想起那
段钟爱海盗读物的童年时光。

　　顺便，出于解释的法则本身的强大力量，另一个相关
的谜团也被解开了，也就是去弄明白这条绳子（就是我们
反复提及的那条"绳索"）是如何在如此漫长的岁月里经
受住了风雨的磨损。合成纤维做的绳子能够做到这一点，
但是"马库托之索"不含任何合成的成分，之前人们曾用
带钻石头的夹子取下几毫米长的纤维，详尽的实验室报告
已经证实了这一点：它的成分只有菠萝叶纤维和藤本植物，
以一层麻线打底作为支撑。

　　那个著名的谜团的答案，我并不是一下子想到的，而
是花了差不多两到三个小时的时间。当时，我并不知道谜
底正在脑袋里逐渐酝酿，慢慢成形。我散了一会儿步，回
到我的房间里写了一会儿东西，从窗户朝着大海望上一阵
子，然后又在疲于等待的情绪下，再次出门。就在那段时
间里，我闲来观察几个孩子的运动轨迹，他们当时正从几
块离海岸二十米高的礁石上跳入水中。这其实已经是那种
"微小的经历"，事实上除了我以外没有人会对此感兴趣。

然而，那个疑难的谜团正是由那些难以描述的、极其细微的经历片段构成的。因为事实上并不存在"与此同时"。比方说，当时我心不在焉地，把那些孩子们的玩耍看成是一种用自然因素构成的简陋装置，而这其中的一个因素就是对跳水所带来的动能快感的认同，肌肉休克、游泳和呼吸的反复交替……他们要怎么做才能避开那些在波涛之下错乱分布的礁石尖呢？他们是如何做到，仅仅相隔几毫米，和那些原本可以用其坚硬的石棱刺死他们的岩石擦身而过的呢？熟能生巧而已。他们应该是每天下午都来跳水。正是这一行为，提供了必要条件，使游戏变成了传奇。那些孩子们属于马库托海岸的日常，然而传奇也是一种日常惯例。那个时间，恰好就是在那一刻，在热带地区降临得如此之晚的、同时又如此漫长且和谐壮观的日落时分，时间也参与到了日常惯例之中……

突然间，一切都落到了自己的位置上。我，这个一向只会由于疲倦和放弃才能够明白是怎么回事的人，骤然明白了一切。我当时想要把它给记录下来，用来写在小说中，然而，比起把它给写下来，为什么不直接去尝试一下，做个彻底呢？我快速地朝着平台走过去，绳索的三角形在那里交会……我吃力地用指尖触碰那些绳结，没有试图去解开它们，而是整个地把它们颠倒了过来……响起了一阵轰鸣，在周围几公里之外都能听到，而马库托之索则以第二宇宙速度①飞快地自行滑动起来。它所连接的山体看上去仿佛在颤抖，然而这应该只是由于那条尽头插入海中的绳索的滑行所造成的幻觉。那些看到我是如何进行操作的好奇者们的目光，还有那些从附近建筑物的窗边张望过来的人们的视线，都对准了波涛汹涌的海面……

就在那里，伴随着奇妙的噼啪巨响，以及不断涌现的泡沫，一大箱财宝从绳索的尽头跃出海面，力道是如此之大，一举跃升至约八十米高的半空中，在那里停顿了一刹那，然后再直线下行。它始终都被不断回缩的马库托之索紧紧拉住，直到完好无损地降落到石头平台上，与等待着它的我一米之遥。

我将不会在此对所有的细节展开解释，因为那肯定得花上好多页，而为了尊重读者的时间，我早就已经确定了这本小说的整个文本（“马库托之索”的部分充其量只能算是它的序曲）所应占据的固定篇幅。

我想要突出的是，当时我并不只是从理论上破解了这一奥秘，而是将之付诸实践。我想表达的是：在明白了应该要怎么做以后，我便过去行动并完成了操作。而我的动

---

①第二宇宙速度，指物体为摆脱引力所需达到的速度，一般用来指从地球表面向宇宙空间发射人造地球卫星、行星际和恒星际飞行器所需的最低速度。——译者注

作的对象也对此做出了回应。马库托之索，这个从几个世纪前就被绷紧了的弓弦，终于射出了它的箭头，并把被隐藏起来的宝藏送到了我的脚边，使我瞬间富甲一方。这一点是非常实用的，因为我一直以来都是个穷人，而且近期比以往任何时候都还要更为窘迫一些。

当时我已经为经济问题苦恼了一整年，实际上那时候我不停地问自己，如何才能从一天比一天更差的困境里脱身。我的那些文学活动，带有无懈可击的纯艺术性，从未给我带来过物质上的好处；而我的那些科学工作（后续我将会提及）也是如此，而且因为它们是秘密进行的，更没有经济产出。从青年时代早期开始，我就靠做笔译维持生计。随着时间的流逝，我在这一行当上日益精进，有了一定的名气，在最近几年里终于能够在一定程度上放松下来喘一口气，尽管我从未达到过富足的程度，但也从不为此发愁，因为我严格地过着十分简朴的生活。然而，如今危机已经严重影响到已经提前预支了繁荣时期的出版活动。繁荣发展导致了市场过剩，书店里摆满了本国所产的书籍，而当民众需要勒紧腰带过日子时，图书购买是最先被中止的。因此，出版社都遇上了无处安放的海量库存，只能寄希望于减库存活动。它们削减得如此之狠，以至于我这一年都没有活干，只能艰难地调用积蓄，同时越来越焦虑地盘算着未来。所以，可以想见，当时这一结局对我而言是多么及时。

这里还有另外一个令人深感惊奇的理由，那就是去思索，一份四百年前的财富怎么保值，又如何迅速增长。尤其是当考虑到，在我们的国家，货币贬值、货币票面值的变更以及各种经济计划的发生速度有多快时。但是我并不会去谈论这一话题。此外，比起贫困，财富总是更带有一丝不可言说性。总之，从那一刻开始我就是个富人了，这一点就够了。如果不是由于第二天我不得不出发前往梅里达①，为了一项我无法（也并不想）逃避的事先约定，那么我很可能就已经去了巴黎或是纽约，去消费刚刚到手的财富。

因此，在第二天上午，我带着鼓鼓的钱包，赶在全世界的报纸都抢着宣扬我的名声之前，坐上飞机抵达了那个美丽的安第斯山城，也就是这个故事所描述的对象，那场文学会议所要举行的地方。

---

①梅里达（Mérida），根据后文给出的信息可知这里指的是委内瑞拉梅里达州的首府梅里达市。它位于安第斯山区的高山峡谷之中，是委内瑞拉西部主要的教育和旅游中心。——译者注

# 第二部分

# 大　会

# 大会

## 一

在随后所发生的事情上，为了让大家能够理解，我应该写得明白易懂且十分详尽，即使以牺牲文学的优雅性为代价。细节上并不会过于琐碎，因为细节的过度堆砌可能会妨碍对全局的领悟。此外，正如我之前已经提到过的，我还得警惕篇幅的长度。一方面，出于清晰程度的要求（那种"诗意"的朦胧感让我感到害怕），另一方面，也由于我本人天生倾向于对素材进行有序的布局，我认为一直追溯到开始的时候是最为合适的。然而并非这段经历的开端，而是上一段经历的开端，一个使这段故事得以发生的开端。为此，必然得要改变策略，并从构成本书故事逻辑的那段传说讲起。然后，我得进行"诠释"，然而由于完全对其进行诠释所要花费的页数，将会超过我为这本书所强制设定的最大页数，我将只"诠释"那些必要的地方；而在那些不必要的地方，那则传说的一些片段则会以原先的语言被保留。尽管我意识到那样可能会影响其可信性，然而我认为，不管怎样那已是最为可取的解决方式。现在我再做个补充说明，这段传说本身是从前一段传说获取其逻辑的，在另一层面上更多的是出自推断，而从另外一个角度看来，那段经历又以同样的方式为另一段经历充当了其内在的逻辑，就这样，两者无限循环。并且（作为结束），我用来填充这些故事大纲的叙述内容，它们相互之间仅仅只存在着一种大致相当而并不具有实际意义的关系。

从前，在那个时候……在阿根廷有个科学家，他用细胞、器官和肢体进行克隆实验，并且已经达到了能够随心所欲地复制出无限数量的完整生命个体的地步。他先是用昆虫做实验，然后用更高等的动物，最后用人类进行实验。他一直保持着成功，尽管在人类实验上，所产生的克隆体在性质上产生了细微的变化：它们是不太相似的克隆儿。这位科学家最终克服了因这一差异所导致的气馁情绪，告诉自己说：说到底，对于相似程度的认知是一件很主观的事情，但是值得争议。而毫无疑问的一点在于，他制造的克隆人是真真切切的，数量众多的克隆军团，不管想要繁育多少代都可以。

在这一点上，他陷入了僵局，无法继续朝着他的终极目标前进，而那恰恰是想要掌控全世界。从那个意义上而言，他就是漫画作品中典型的"科学怪人"。他不可能提出其他任何更为谦逊低调的目标，因为对于他的水平而言，后者显得太不值当了。他还发现，为了实现他的终极目标，他的克隆人大军（目前还是虚拟的，因为出于现实的原因他只造出了少数几个样品）对他而言毫无用处。

在某种程度上，他落入到自身的成功的陷阱之中，落入到"科学怪人"的经典套路之中——根据那个套路，在冒险本身的进程中，在行动的策略上，他最后总是会被击败，无论之前曾在科学领域取得过多么伟大的成就。这位科学家的幸运之处在于，他并没有真的发疯，对权力的渴望也并未使其盲目：他的脑子里还保留有足够的清醒，因此能够及时改变自己的实验方向。他之所以能够这么做，多亏了他从事这些实验时的物质条件。不稳定的物质条件，属于只能用手头现有的工具展开业务的业余人士，只能凑合着使用纸板箱和瓶瓶罐罐、回收的玩具以及减价的旧蒸馏瓶。他的实验室位于他的旧公寓的一个小工具房内；由于没有尸体标本储藏室，他只能让他的克隆人在社区的街道上走动。贫穷，曾给他带来那么多次的失败，却也有着积极的一面——他清楚地意识到，只有通过根本的改变才有可能达成其终极目标，而这一改变无须投资或是设备就能实现——两者之间既不存在也看不到任何等价物的影子。

问题及解决方法，就在于此：可以从单独的一个细胞造出一个人来，一个和细胞的主人在肉体上和灵魂上相一致的生物。一个，或是很多个，不管他想要多少个都可以。直到那一步，非常好。不便之处在于，似是而非的是，这群被创造出来的生物只会服从他的命令。他不可能去服从它们的意志。它们可以服从他，但是他不可能服从它们——他看不到那样做的理由：它们是没有名望，没有思想，缺乏原创性的生物。因此，他的事业陷入了停滞，因为他心中依旧承载着最初的野心。为了达成他统治全球的终极目标，即使是作为一支有着无数士兵的军队的司令，他又能做些什么呢？宣告一场战争？向权力突然发起进攻？这些都只能走向失败而已。他甚至连武器都没有，也不知道如何去获取它们；武器是不能靠克隆产生的；克隆只能作用于活的有机物，因此，生命体是他唯一拥有的要素。而单纯通过克隆对生命体进行繁殖，并不能被用来当作武器，至少在他所处的境况下是如此。他那想要创造出一套额外的神经系统的奇迹，并不会起作用，因为从一开始就剥夺了其发号施令的可能性，以及伴随着这一可能性所产生的创造力。

这一点就是这个"科学怪人"和传统意义上的"科学怪人"的刻板套路差距最大的地方，后者的典型特征往往是伴随着带有自我毁灭性的执拗，执迷不悟地去维护其智慧的中心地位。而我们的这位科学家，则得出了以下结论：从竞技场的边缘一直到他已经抵达的地方，若想要实现向前"跃进"，唯有找到离开中心的方法，倘若他的智慧能够为另外一个智慧服务，倘若他的能力能够为另一种更强的能力所用……倘若他的意志在一个外部引力体系中被逐步减弱。这就是他无与伦比（在"科学怪人"的范畴内）的独特性所在：承认"另外"一种思想总是会比"一种"思想更有效，只要它是"另外一种"。扩张和繁殖（克隆）都无法使一种思想变得更为丰富，只有途经另外一个大脑才可以做到。

那么该怎么办呢？很明显，解决方式就是去克隆另一个更高级的人物……然而要把他给选出来并不简单。优越性是一件比较相对的事情，且明显有争议。首先，从一个人自身的观点出发去决定这一人选是不太容易的，因为一个人只具备单独一种观点。而采纳客观的评论则可能具有欺骗性；即便如此，他当时只可能采纳某一类客观的评论，因此就得精心对其做出筛选。作为首要参考，他得排除掉统计学上的看法，那种将会在问卷调查上胜出的看法，也就是说，那种看法将会更倾向于那些处于那座看得见的能力的金字塔顶端的人们：国家元首、工商巨头、将军……不。一想到以上看法，他只是微微一笑罢了，完全可以想象得出来，那些真正的能力的主宰，一听到上面那些名字，唇边也会浮现出同样的微笑。因为人生阅历已经教会他，不管人们怎么说，真正的能力，那些能够轻蔑地嘲笑表面上的能力的真正的能力，属于另外一类人。其最核心的、定义性的手段在于高尚文化：哲学、历史、文学、经典作品。那些被流行文化、被高科技，乃至被源自金融运作的庞大的财富积累所代替的，所谓的替代品，只是虚有其表。事实上，高尚文化所带有的那层"古老的东西"、"已经过气"的伪装，正是用来迷惑无知大众的完美策略。因此，高尚艺术依然还是几乎只为高级阶层所独享的特权。但是这个"科学怪人"从未想过要去克隆这一阶层中的某一个个体。这恰恰是因为，上层阶级对于这一最终的、决定性的能力是如此肯定，他们能够如此确保这种能力在其自身范围内的世代传承，所以他们不能为其所用。因此，他一度想要借助于某个著名的罪犯，然而这只是个浪漫的主意，仅仅是由于它那尼采式的轰动效应而显得富有吸引力，而本质上是荒谬的。

最后他决定采用最简单也是最为有效的办法：通过一位著名人士。通过一个知名的、受人拥戴的天才。克隆一个天才！那是决定性的一步。从那以后，通向掌控这个星球的道路就会变得畅通无阻。（除了其他事情以外，因为一半的路程已经被完成了。）他感受到了属于伟大时刻的兴奋之情。除了这一计策以外，他甚至不需要制作计划或是怀抱希望，因为一切都会被安排好，"被设置好"，在那位伟人的身上——既然他更高级，他自然会承担起这一职责。而科学家本人，将无须再承担任何责任，只需要扮演跟班的角色、低微的弄臣；而且，如今他的无权无势，他的贫穷，他的拙劣操作，都已经无所谓了；相反，它们将会变成他胜利的王牌。

他精心地选出了这一人选，或者说，他根本无须对其进行挑选，因为，偶然的缘分，把他所能期望的、那个最不容置疑又最无可挑剔的天才，放到了准星上，触手可及；这个天才所受到的尊敬是最高等级的。他天生就是这个科学家的靶子，后者立即行动起来。

说这一人选已"触手可及"，其实是一种夸张；在我们的名人圈子的文化中，名人们与世隔绝地生活在坚不可摧的隐私之墙内部，在无形的、无人得以翻越的堡垒里面活动着。但是之前已向那位科学家指明了人选的那一丝偶然，也使他能够或多或少地去接近他……并不需要离得太近。他所需要的只是后者体内的一个细胞而已，随便哪个都可以，因为所有的细胞都携带有用来克隆整个个体所需要的信息。由于他并不信任会存在某个巧合，恰巧能让他拥有对方的一根头发、一小块剪下来的指甲或是皮肤碎屑，他就使用了他所创造的物体中最值得信任的一项发明，那是一只被微缩成针脚大小的克隆蜂，它从诞生之日起就已被载入那位被反复提及的天才人物的身份信息。随后，在中午时分，在距离条件得到确保的前提下（克隆蜂的续航里程很短），他把它派出去执行秘密任务。他对它有着盲目的信任，因为他知道它必然受到源于本能，源于从不出错的大自然的、切实可靠的力量的束缚。它也没有辜负他：十分钟后它就回来了，腿间还带着那个细胞……他立刻将其置于袖珍显微镜的载物台上，并陷入陶醉之中。他得以验证自己的策略是如此可靠：那是一个极美的细胞，深邃，承载着千言万语，彩虹般的，呈现出一种带有透明光泽的、明净的蓝色。他之前从未见过这样的细胞，简直不像是人类的。他把它放到随身携带的那个便携式克隆器里，从宾馆叫了一辆出租车，让它把自己带到了周边最高的一座荒山上，从那里再继续徒步向上攀登了大约两个小时，然后在高山的积雪区，开始喘不过气来的地方，找到一处隐秘的地方去安放这一装置。在山巅之上的孵化行为并非一个诗意化的细节：那个高度上的压力和温度条件恰恰是克隆过程所需的；为了人为地再现这些条件，本来应该待在他那间简陋的实验室里，而如今它远在几千公里之外，但是他又担心这个细胞经受不了这一路的颠簸，或是丧失其活力。他把它留在了山上，然后下了山。如今他能做的只剩下等待了……

在此，我得做出首次带有偏袒性的诠释。那个"科学怪人"，很显然，就是我本人。而对那个天才的身份的鉴定，本可以显得更为复杂，然而迷失在各种猜测中并不值得：他就是卡洛斯·富恩特斯[①]。直到他的出席得到确认以后，我才最终接受了去那场在梅里达举行的文学会议的邀请；我得要离他足够近，才能让我的克隆蜂取走他的细胞。那是使其处于我的科学操作范围内的唯一机会。而他们的邀请给我提供了现成的便利，甚至不需要我自己花钱买机票，原本按照近期的状态我是承担不起的。或者说，按照之前的，在马库托之索的插曲发生之前的状态。之前

---

①卡洛斯·富恩特斯（Carlos Fuentes Macías），当代墨西哥国宝级作家，也是西班牙语世界最著名的小说家及散文家之一。他对西方古代和现代文明都有较深的了解，对拉丁美洲的落后的原因也有较深刻的探究。——编者注

我刚刚度过了非常糟糕的、赤贫的一年，因为严重的经济危机以非比寻常的形式影响到了出版界。尽管如此，我并没有中断我的实验，因为当时我所进行的工作并不需要花钱。此外，对于我的秘密目标而言，这份会议邀请来得恰是时候，使我能够有机会，在持续焦虑了一整年之后，去热带地区待上一个星期，放几天假，休息休息，重新振作，稍微透透气。

回到宾馆以后，最后那几个小时的激动心情过渡到了高潮后的无力阶段。操作的第一部分，也是对我个人要求最高的那个部分，已经完成了：我已经取到了卡洛斯·富恩特斯的一个细胞，把它放到了克隆器里，并将其置于完美的条件下运转。此外，如果再算上，前一天我还破解了已经存在了几百年之久的马库托之索的奥秘，眼下我已经可以感到满足，开始去考虑其他事情。我当时有好几天的时间来完成它。克隆生物并不是吹气制作瓶子。它是独立进行的，只不过需要时间。尽管此次这一过程奇迹般地加速进行了，但还是需要人类日历上差不多一个星期的时间来完成它，因为毕竟得要微观地再现生命进化的一整套地球生态系统。

我所能做的只剩下等待了。我应该要思考一些事情来打发时间。由于我无意参加本次大会那些令人厌倦的会议

场次，我给自己买了一件泳衣，并从次日开始，在泳池里
消磨掉上下午的时光。

## 二

在泳池里，我所有的企图都汇集成一个念头：缓解我
的大脑的亢奋程度。让我自己，裸露在阳光之下，获得我
内心的平和。这一目标，在我的人生道路所有曲折蜿蜒的
小径上紧紧纠缠着我，几乎是个不变的念头。这一警示性
的小念头夹杂在其他所有的想法之中，增强了心灵的躁动，
后者本身就已相当可观。高度活跃已经成为我的大脑一贯
的秉性。一直以来都是这样，事实上，至少从我的青少年
时期开始就是如此，而我根据阅览过的群书，又借助观察、
推断和猜测，得知世界上其他人的大脑的日常状态是迟钝
缓慢的、半空虚的。因为在某些场合，在某几秒钟，我曾
有过这样的体会。而我读过的那些关于东方精神控制术的
读物，乃至那些往往由女性杂志刊登的关于"冥想"的愚
蠢文章，使我知道存在着更进一步的一种表现：精神放空，
大脑皮层完全或几乎完全缺乏神经电活动，断电，放松。
如果说在某些时刻，伴随着我所特有的勃勃雄心，我也曾
想要将自己置于那种境地，并天真地去信赖那些妙方，按

照其所指示的不管多少种练习方法进行实践，最终我不得不说服自己这是浪费时间。那不适合我。我应该先从狂热的巅峰上走下来，握住缰绳，安抚那头源于我的思想的狂暴的野兽，让它采取一条正常的道路；只有那样，我才可能切实地去审视那些内心平和的东方世界。

我已经问过我自己，我是如何最终到达这一境地的，在我的被塑造阶段，到底发生过什么，以至于我的思维活动会带上这种过分的速度并被困于其中。我也曾问过我自己（有什么是我不会问我自己的呢！）这个速度的确切度量值，因为它与"大脑亢进"这个概念是近似的，且应该具备不同的等级。

对于第一个问题，关于我的这一病症的历史，我已经多多少少用一则小小的、属于个人的"起源传说"回答了，而这一传说的衍生变化就是我所写过的所有小说。倘若我想要抽象地来概述它，那么我可能会很为难，因为这一传说的变体并非一般形式的具体"例子"，同样地，一直以来像是闪电一样贯穿我的头脑的具体想法，也并非某一种类型思维的案例或例子。

那一则包含了无数念头的传说，那个没有主人公也没有故事情节的小剧本，应该具有瓣膜的外观。或者，用不那么专业的术语来描述的话，就是被波德莱尔称为"不可逆性"的那种单向阀。已经被形成的观念，将不会再穿过孕育它的寇定岔口①，也不会再退回到其起源的乌有状态。这一点就可以解释，除了激烈的过度负荷以外，我性格上非常明显的一个特征：我的轻率，我的不谨慎，我的不慎重。因为一个想法在其生成状态下的迂回，是其具备严肃性的必要条件。

就我而言，没有什么会往后退，一切都在向前冲，被那些源源不断地通过那个可恶的瓣膜涌进来的思想粗鲁地推动着前行。这一画面，在我的高速思索中已达到成熟，向我启示了解决问题的路径，当我有时间也有意愿想要这么做的时候，我会努力将之付诸实践。这条路不是别的什么道路，就是那条被（我）充分走过的、"向前逃逸"的道路。既然对我而言后退是被禁止的，向前进吧！直到终点！奔跑，飞翔，滑行，去耗尽所有的可能性，用战争的喧嚣去征服宁静。语言就是表达工具。还能有什么别的？因为那个瓣膜就是语言。问题的根本就在那里。

当然，这一点并没有阻止我时不时地，就如我当时一次次在泳池里所做的那样，努力把它切换成寻常人的模式，

①拉丁语Furculae Caudinae，亦译为"考迪尼岔路口"，指的是意大利南部坎佩尼亚的蒙特萨丘近贝尼芬顿之狭窄山隘，公元前321年罗马军队曾在此败北；此处应该是借指神经树梢岔口。——译者注

放松自我，尽力忘记一切，给自己放个假。

但是我并未心存幻想：这种消遣行为具有一定的迷惑性，因为我并不认为自己会去舍弃我那一贯存在的、无比可爱的头脑亢进症，说到底就是因为它我才是我。不管一个人制订了多少个改变计划，他永远不会自发地去改变他的根本，他的本质，往往也就是这个人最差的那些缺点的汇集。如果是一个看得见的缺点，比方说跛足或是痤疮，那么我会去改变它的，而且肯定已经把它给改过来了；然而它不是。这个世界上的其他人并没有办法去看穿掩藏在我那冷漠的外表之下的头脑旋风，除非是我那冷漠的神情可能显得过于夸张，或是因为我突然进入心不在焉的状态之中抑或是从中抽身而出；又或者，对于一些超凡的文学评论家而言，因为我和语言的关系。头脑亢进症，以修辞学的（或是近似于修辞学的）机制，在我体内（而语言是我和外界之间的桥梁）表现出来。而这些机制都是以一种非常特殊的方式扭曲的。以比喻为例：在我心灵的超级动态显微镜中，一切都是比喻，一切都在其他东西的位置上……但是从整体上是不可能完好无损地呈现出来的：这一切形成了一套压力系统，它扭曲了那些比喻，将它们的组成部分转接到其他所有的比喻上，并以此形成了一个连续体。

在这种状态下"向前进"，要求人文及自然科学层面上的极大努力，当然，面对这一点，我未曾退缩。然而这种努力是我在自己的范围内所做的。海森堡原理①也同样在此发挥着作用：观察限定了被观测的对象，并提升了它的速度。在我内心的放大镜之下，或者就在其内部，每一个思想都在其修辞变形中采用了一个克隆的形象，一种超定的身份特征。

我现在还能想得起来的、对于那个先前一直悬而未决的问题的回答：如何测算我的思想的流速。如今我正在尝试我所发明的一种办法：对着所有的思想，抛出一个完全空虚的思想，这一思想因为自身没有内容，就能够去观察四周那些飞速闪现却被锁定在它周围的，包含着各种不同内容的那些思想。这个逆行的小克隆人，这个测速器，就是我孤独长路上的伙伴，也是唯一那个知晓我所有秘密的家伙。

三

就这样，正如我乃是完全的思想一般，我也是完全的

---

①德国物理学家维尔纳·海森堡（Werner Heisenberg，1901—1976）于1927年提出的不确定性原理是量子力学的产物。该原理表明，粒子的位置与动量不可同时被确定，位置的不确定性越小，则动量的不确定性越大，反之亦然。——译者注

肉体。这并不矛盾。这些整体相互交织重叠……"一切"这个概念相当容易出错；作为主体的人只有在行动中才能掌控它，从主体可以把它表达出来的那一刻开始，它才得以成真。在工作的间歇期我所肆意享受的那几个休息日的有限天地里，在城市郊外那个豪华酒店的泳池中，在热带的阳光下，那一切都是真真切切的。我为所持续的时间仅有短短一周而感到遗憾；在这种令人愉悦的无所事事所产生的快感中，我忍不住希望一辈子，全世界，一切的一切，都可以这样。我向着全体滑落是很自然的。我的身体接受它，因之膨胀，向它散发光芒。为了完成这一举动，我恰巧又遇上了完美的气候条件。去泳池的人很少，若干个年轻人，少男少女们，几个和妈妈一起的小孩子，或是某个孤身前往的人，比如我……有几天上午连一个人影都没有。救生教练长时间惆怅地游着泳，在他的椅子上打着瞌睡，或是用十分精美的刻线钓竿去钓一个漂浮在两个出水口之间的死蚊子作为消遣。水面就像是一块被彻底清洁过的玻璃一样洁净，甚至可以在水底读报纸。大会的东道主们告诉我，理所当然地，不会有太多人去泳池……甚至于，当我对他们说起我并非唯一那个造访泳池的人的时候，他们还不太相信。他们惊叹道，谁会想要在隆冬时节去泳池游泳呢？当时确实是冬季，但是由于距离赤道是如此之近以至于我都没有察觉到这一点，对我来说依旧是夏天，依然还是夏天和生活交织的总和。

另外一桩我当时察觉到的，觉得有必要记载下来的事情是：在那些日子里，包括我在内的、所有那些在泳池中相遇的人们，彼此之间既不相识，事先也不曾达成任何约定，却都是完美的人类标本。我想说的是，我们都拥有人类的外表，四肢健全，相应的肌肉和神经都各就其位且比例合宜。严格定义上的人体完美形态是很罕见的，因为一个最微小的缺陷就能抹杀其完美性。如果一个人走到大街上去观察人群，那么每一百个人当中几乎没有一个能够通过考察。其他所有人都是怪物。但是，令我微微吃惊的是，每日聚集在泳池周边的那些人（每一天都是不同的人，除了我以外）恰好都是那些百里挑一的人选的集合。我问我自己是否永远都会是这样，完全偶然地聚在一起。不管怎样，那些去游泳的人，穿着泳衣在太阳下所进行的肉体展示，是不会欺骗我的。那番景象让我的视线和思绪都得到了放松。我并没有直接去寻找身体上的缺陷，因为它们并不存在；在某种程度上，它们不可能存在。肉体偏离标准形体就会产生怪物；各式各样的怪物，甚至是那些难以被察觉的怪物。只要有一个脚趾比正常稍微更宽或是更长一点，就足以产生一种怪物。一个细胞，一个细胞内部的拼写错误……出于某种原因，怪物们从那张将人类带到大地上的网中逃脱。它们像浮沉子①一样漂浮在虚幻世界的半明半暗中。关于这一点，我懂的很多，因为它就是我所从事的科学分支。

完美，从其自身而言，都是各不相同的：完美本身就是差异的完美，或者是差异的充分体现。因此，培养完美就是要协同完成，一位年轻的信徒曾向我指出的、那项我们应该为之奉献终生的任务：使个体诞生。

这些幻想麻痹了我。接连几个小时，我躺在躺椅上发呆。形体完美的艺术只可能在一个永恒的夏天，或是在一个永恒的日子里，或是在一段永恒的生命中得到实现……然而，就像热带的四季一样，就像这个不合时宜的、夏季般的冬天一样，在一个精神上的外来者身上，那些永恒应该被削减，并且对所有人而言都隐而不见。

这个方法比起克隆不是更为实用吗？难道有什么东西阻止我采用它吗？多亏了马库托之索，如今我已经是个有钱人了（我还不太习惯这一点，这件事刚刚发生），我可以来到这片天空下定居，沐浴着阳光生活，无须担心任何事

①人们通常将既能上浮也能下沉的物体称为浮沉子，它利用阿基米德原理，在外加压强作用下，靠改变排水体积来实现上浮或者下沉。浮沉子实验形式多样，最初为法国科学家笛卡尔（René Descartes，1596—1650）所创。——译者注

情。我甚至不需要改变主题。文学，克隆……变形……有一些我一直深信不疑的事情，我思考着在我的一生中所可能进行的一切事物的基本前提：所有的转变的实现，都无须消耗一丝一毫的能量。那是至关重要的。假如需要施加力量的话，哪怕只是最微小的力量，由于在一次转变中起点和终点是相同的，即"已经转变了的东西"，那么能量将会过剩，并会从某一侧或是从另一侧向宇宙膨胀，产生一处隆起，我们就会回到怪物的领域。

然而不。一想起手头上的工作，我从那些幻想中清醒过来。我最后一次跳入水中，在已经没有什么人的泳池中游了一会儿泳，然后在泳池边上散了一会儿步，任由天上的太阳和空中的微风将我吹干。我可以看见周围一座座的高山，山巅皆为白雪所覆盖。在那上面，在某个难以靠近的地方，那个克隆器，隐秘的群山之心，正在执行着它的秘密工作。

我的影子在我的面前伸展开来，一个人形的、却又有点诡异的影子，难以辨识。我试着将双臂向外伸展，那个影子的两条胳膊也照着做了，我抬起一只脚，弯下腰，又转了转脑袋，影子则模仿着我的动作。假如我张开一只手，影子也会这么做吗？我进行了验证，专心地跳起一段广为人知的舞蹈。其余那些去游泳的人则谨慎地用眼角的余光偷偷地打量着我。当一个人外出旅行的时候，他多少会感到有点逍遥法外，认为没有人认识他。然而我当时的情况并非如此。一阵微风向我吹过来他们的只言片语，我确定他们正谈论着我："著名作家……马库托之索……出现在报纸上……"

逍遥法外，永远都是用来跳舞的逍遥法外！对我而言，是否可笑又有什么关系呢！我正处于为自己赢得一种更高等级的逍遥法外的系列运动之中，而那一点当时谁也不知道。

四

这段一连串的、由休息和游泳构成的日子里的唯一一段插曲，是一桩极为隐秘的仪式，我认为有必要在周三的晚上完成。那只黄蜂死在了当天下午。

两天前，在它为我带来了卡洛斯·富恩特斯的那个细胞以后，我把它放回到那个从布宜诺斯艾利斯一路将它运过来的笼子里。在我决定带上它的时候，我就已经知道，对它而言这将是一趟不归之旅。那类昆虫的寿命很短，事实上，这只黄蜂，在撑过第五天的时候，已经算是比较长寿的了。一旦它的任务完成之后，由于已经不再需要它，我原本可以毁掉它和它的小笼子，以免留下行动的蛛丝马迹。这一路上带着它一起出行颇具危险性，所以我一直把它给偷藏起来。尽管事实上并没有跨国运输克隆材料的相关立法，但是海关警察对携带毒品、基因突变物和细菌武器入境的高度警觉还是有可能会给我制造麻烦。然而除了带上它，我别无选择，所以只能去冒险。幸运的是我没遇上什么麻烦。

我也不希望有人知道它在宾馆里的存在：我的科学活动是一项秘密；对此做出解释有可能会使我陷入困境，尤其是当我正以那位著名的墨西哥作家为实验对象的内情被曝光的话。显然，最谨慎的做法就是让小黄蜂从它不再被需要的那一刻起就消失；我无须对此感到丝毫顾忌，因为不管怎样它迟早也会自然死亡。然而，我对这个由自己一手打造的小玩意儿的忠诚感要更强一些。我情愿等到它自己死掉，等到它完结其生命周期，就仿佛在我俩之间尚有大自然的神圣定律在起作用。

我并不信任酒店的女仆，因为她们既好奇又莽撞，然而即便如此，我还是把它留在了房间里。我本可以把它揣到口袋里，不管去哪里都带着它，然而比起女仆，我反而更不信赖自己的粗心大意：我一直在丢东西，或是把东西遗忘在各处。于是我把它保管在房间里，连着好几天，同时自己则一次又一次不断地去泳池游泳。当然，是给它上了锁的。幸运的是，最终我并没有什么理由后悔自己这样做了。当我回到房间，我会将它取出来，把小笼子放到床头柜上，同时自己则躺着看书或是睡觉。除了忠诚感，应该还会有点多愁善感或是孤独感在里头：归根结底，它是一个陪伴物，我那从家到实验室两点一线的生活的纪念物，一丝属于阿根廷的微小火花。

说是"黄蜂"，或是"昆虫"，正如我所做的那样，其实是一种粗暴的简化手法；我在这本书中所反复使用的这些词汇，只是为了让我能更好地被理解。为了创造出我的"黄蜂"，我使用了黄蜂的DNA，这一点确实如此，因为我需要黄蜂的某些属性，但是我只是用它来做轮廓模型（这里我使用了专门的行话），作为此次任务所需的其他性能的载体，并从我的基因目录中把它们给提取了出来。我之所以更青睐黄蜂而不是蜻蜓或是蜜蜂的轮廓模型，是因为前者对外来基因的依从性更强。然而最终生成的那只小兽看上去并不怎么像黄蜂：首先，它只有一粒尘埃那么大。在显微镜下，它看起来更像是一个金色的海马体，长着蛾子般强有力的、扇形的翅膀，从头部伸出一个介于犀牛角和蟹钳之间的节状物：细胞打孔器。所有这些，以及其他许许多多，在动物学中都是存在的。它是一个生物分类学上的模式种①，一个独一无二的样本，一个不会被重复的可爱的小怪物。

我之前已经说过，在那个周三的傍晚，我从泳池回来的时候，发现它已经死了。它的一生已告终结，在不到一周的时间里：在阿根廷开始，并在委内瑞拉结束，向北跨越了好几千公里。我盯着它看了一会儿，不知为何感到悲伤。它的尸体只有针脚那么大，且已变得半透明，几乎都不再是琥珀色的了，就躺在它那小小的家中的地面上，那里再也不会有谁去入住了，因为那是我为它而打造的。之前把它说成是"笼子"，也是为了简单化；它其实是一个用玻璃纸做的小室，大小和一个顶针差不多，我心血来潮地赋予了它瑞士小屋的外形，附带一个以七鳃鳗的基因为基础做成的增压仓。倘若这世界上存在家具基因的话，那么我之前肯定会给它做上一整套漂亮的家具，我就是如此追求完美。

夜幕降临。我下楼去吃晚饭，随后在酒吧里消磨了一会儿时光，直到十一点钟。我破例喝了一杯咖啡。我从来不在那么晚的时候喝咖啡，因为那会夺走我的美梦，而我对失眠心怀憎恶。但是那个晚上我准备熬夜，因为我已经

①模式种，生物分类学上的一个名词，用来指一个属或属以下分类群的物种。首次发现且被描述并发表的物种，被定为模式种。——译者注

选取了一项行动计划。此外，伴随着那种我如此熟悉的、刚一开始行动就已经被触发并不断繁衍的超级计划性，我会需要喝咖啡时所需的其中一件器物：一个小咖啡勺。我把它偷了出来。那是一把精美的银勺，手柄上刻着一个小丑。

过了一会儿，在让我的同伴们相信我要去睡觉以后，我从酒店离开。当时城里已经没什么人了。我朝着市中心的反方向走去；街道沿着一个斜坡向上延伸，直到环形高速，过了那里之后我发现自己身处旷野之中，位于群山脚下的坡地上。我又继续深入了几百米，直到再也无法听见汽车声。唯一的光线来自星星的亮光，然而它们是如此的闪亮、炽热，又离得如此之近，以至于我能看清楚一切，近处和远处，一堆嶙峋的山石，山谷的深处，桥下的河流。

把它葬在任何地点都是一样的，当时我所在的地方和其他任何别的场所一样合适，于是我伸手从口袋里取出了那具小小的尸体。在那一刻，我察觉到，我脚边那些原本被我当作是石头的阴暗物体动了起来。我仔细看过去，然后发现它们都在移动着，就像是梦游者一样缓慢地、有规律地移动着。那是一群秃鹫，那些整天在山谷里滑翔的黑色秃鹫。我是第一次看到它们栖息的样子，看上去就像是一只只阴森的、驼背了的母鸡。看来，我已落入它们的一处山间栖息地之中。而我看到它们走动，可能是由于我的闯入把它们从梦中惊醒，又或许它们是真的在梦游。我觉得它们正是用来陪伴克隆蜂入葬的理想送殡队列。我开始动手干活。

我用那个小勺子挖了一个直径约五厘米，几乎有二十厘米深的圆孔，在底部挖出一个近似球形的墓室，并把那个玻璃纸做成的瑞士小屋和它的主人永远地放在了那里。我用一枚硬币封住入口，用泥土填满垂直的地道，并用拇指把土压实，表面插上一块三角形鹅卵石充当墓碑。

我站起身来，向我的小黄蜂致以最后的思念。再见了，小朋友！再见……我们再也不会相见了，但我不会忘记它……我不可能忘记它，哪怕我想要那么做。因为没有什么能够取代它。悲伤之中还掺杂着激动之情。"科学怪人"（我本人，从这本小说所包含的多层含意中的另外一层含意而言）可以吹嘘已经完成了这一空前的壮举，使一整套完整的进化过程成为一个具体的、独一无二的目的服务，而且还只是个伴生品而已，几乎就像是去买了份日报那样轻松……先前我需要有人为我取来卡洛斯·富恩特斯的一个细胞，为此，仅仅是为了实现这一点，我创造出一个生命，在它身上荟萃着百万年的时光以及经过淘汰、适应和进化所得的成千上亿个微小细节……仅仅只是为了执行单一的

一项任务而已，并为此耗尽其存在的意义；一个一次性的
生物，就仿佛奇迹般的人类在某天下午被创造出来，仅仅
只是为了走到门边去看看是否在下雨，并且在那项任务被
完成以后就会被摧毁一般。当然，通过克隆程序，那些过
分漫长的自然进化期，可以被缩减到短短几天，然而即便
如此，它们在本质上仍然是相同的。

五

在此，我相信已经是时候对我一直以来所讲述的内容
做出另一种"诠释"，以便摆明我的真实意图。我的伟大事
业是秘密的，在暗中进行的，涵盖到我的一生，包括其中
最微小的波折以及那些显然最微不足道的部分。直到现在
我一直都将我的企图掩盖在文学这一如此具有庇护性的伪
装之下。身为作家，不会引起什么特别的猜忌。附带地，
这层外表还给我带来了某些世俗的满足感，以及一种尚且
过得去的生活方式。然而我的宗旨，尽管通过努力淡化已
经变成了我身上被隐藏得最好的秘密，它却正是漫画书中
的"科学怪人"的典型目标：将整个世界都处于我的掌控
之下。

我察觉到，在这里存在着一个颇具隐喻的束缚；"掌

控"和"世界"是单词，而包含着这些单词的那句话，则可供进行智慧的、哲学性的、相互矛盾的解释……我才不会落入那个陷阱里。我所说的掌控，是想要在现实中展开扩张，而"世界"也不是指的别的什么，就是那个平常的、客观真实的世界。如果存在一些相互矛盾的东西，那是因为语言已经将我们的期望塑造到那样一个程度，以至于真正的现实已经成为最为遥远和难以领会的所在。

而现实之门的开启，恰恰是我的伟大事业的无尽前奏。我已经提到过这些"大门"（这个比喻不具侮辱性）的其中一扇：完美。于是，就有了游泳池的那一幕。我的大脑：战场。

在过了一定的年纪以后，自身身体的完美程度受到来自怀疑的威胁。客观地对自己做出评价是很难的，因为自己看自己总觉得依旧年少，而其他人总会有某个用来撒谎的理由。完美变成了一种渴望，有时候甚至是吞噬性的。为了得到它，人们会做出任何事情；坦诚地说，我也会这样做：任何一种规定饮食，任何一种形体训练。其他任何一种努力都会在追求完美的努力面前败退。然而人并不知道什么才是那个"任何事情"，也没有办法查明真相。如果他向十个人提问，他们会给他十种不同的回答。所以这一最为名副其实的渴望被过度挥霍。人会去做所有那些可能有用的事情……前提是他能知道它到底是什么。然而他并不知道。

因此，完美应该是从一开始就被造就，而不是慢慢趋近完美。神奇的是，它真的能被造就。生活确实具有这种慷慨性，且始终拥有着它。

如果以上是一则谜语，我都不需要说出答案，也不需要在这一页的页脚把它给写出来，因为任何一个读者都会先把答案给说出来：爱情。爱情，它是非凡的缘分，是惊喜，是尘世的花朵。

至此，我一直在用一种或多或少既公正又写实的笔触，描绘代表着我的这个人物形象，然而却有失片面。一直到这里，大家可能把他看成是一位冷冰冰的、意志清醒的科学家，在撰写着一份富有理性的回忆录，而在这些文字里，甚至连情绪都带上了冰冷的色彩……为了补全这幅肖像画，还得要画上一个充满激情的背景，而这份激情是如此鲜活和充盈，以至于使得其他的一切都开始颤抖。

我不会进行详细的阐述，因为那将会适得其反。我了解我自己，而且我知道，当我开始写作的时候，我的冷静持重所获得的胜利，将会体现为一些关于精灵的故事，后者是如此的荒诞，以至于连我自己都不知道它们最终会落向何方。我只会讲述最根本的部分；比这更妙的是，我将梳理一下梗概。

很多年前，就在这座城市，在同一个泳池里，我认识了一位女性并爱上了她。我当时不能，或是不想给出承诺，又返回到布宜诺斯艾利斯，重新开始了我的生活，然而对阿梅丽娜的回忆并没有离开我。我得说明，我俩甚至没有书信往来，因为我离开时忘了记下她的地址，这是一个意味深长的遗忘行径。事实上，我觉得我没有权利去爱她。她还是个学文学的学生，带有一种无法形容的纯真，而且年龄都可以做我的女儿了。而我这边呢，当时已婚，是一个家庭的父亲，正致力于一项秘密的科学工作，并因此被迫受缚于扭曲了的马基雅维利主义……我们能有什么样的未来？这个机会过去了，同时却又没有结束。阿梅丽娜的爱继续萦绕着我，并成为我的灵感的恒久源泉。如今，我一回到这里，就开始想她……然而阿梅丽娜并没有出现。正如我某次偶然获悉的那样，她仍旧居住在这座城市里，而且应该已经通过报纸获悉我在此地，然而她保持远离。她在回避我。我明白了这一点，并接受了。而且，我并不肯定，当我再次遇见她的时候，是否能够认出她来。已经过去很久了，好多好多年了，她很可能已经结婚了……

那是一段古老的往事，事实上比她当时的年龄都还要更为久远。当我遇见阿梅丽娜的时候，那真是一见钟情，萦绕着我，一场爱情旋风……说是旋风，是因为它的气流把我席卷到了很久以前，一直到我曾热情地去爱的那个时期。当时，我已经是个成熟的男人了，已经失去了几乎所有的期待，感觉历尽千帆，并相信没有什么能够还给我那业已失去的青春。当然，并没有任何东西将我的青春还给我。然而，当我一见到阿梅丽娜的时候，奇迹般地，我在她的外形上，在她的声音中，在她的双眸中，认出了我二十岁时所热切钟情的那位女性。对美丽的弗洛伦西娅，我用尽了青春期的所有疯狂，绝望地（我们俩之间是不可能的）爱着她，并从未停止过爱她。我们没能在一起，各奔东西，她结婚了，我也是，我们住在同一个街区，有时候我会看到她路过，带着她不断长大的孩子们……过了二十年，三十年……她变胖了，那个我曾经深爱过的、苗条羞涩的女孩子，变成了一位成熟的女士，带着中产阶级的庄重气质……现在她应该已经当奶奶了。多么不可思议！时光过得真快啊！对于心灵而言，时间并未流逝。

弗洛伦西娅，带着她青春时代的全部风采，重生在甜美的阿梅丽娜身上，而我不得不穿越整个大洲去找到她。我觉得她俩哪怕是在最微小的细节上，在她们的微笑或是梦境的最为隐秘的褶皱上，都是一致的。缘分跨越了人生，而我则在所产生的迷人的思念中，找到了我的工作的意义：

在我与阿梅丽娜相遇之后的那些年里，我的伟大事业发生了偏转，有了确切的方向，我也开始看到它的成果。她是我的缪斯。

好吧。在那个星期四的下午，我在游泳池边的躺椅上昏昏欲睡，突然间有什么东西使我抬起头来环顾四周。起初，我并没有觉得有什么特别的：在那个时间，陪伴着我的那几个为数不多的泳者都比较安静，有些人在低声说话，几个少年在水中玩耍。天上还是那些永恒的秃鹫。然而，在那种并无意外的平静中，有什么东西正在被酝酿，我能够感受到它……我知道自己正处于一种先知的状态，仿佛被附身了一样。即将发生的事情如今已经发生了。我猛地一跳，站了起来，这一跳既轻盈又沉重，如同一个用液态金属做成的雕像。接下来我走到了日光浴平台的边缘。在泳池的另一头，正对着我，浮现出一个活生生的影像。我从未觉得自己是如此的赤裸裸。那是阿梅丽娜，比真人还要更大一些（也许是更小一些？），颜色十分柔和，人们也许会说那是从午后的阴霾中所截取的色调。她也在朝着我看过来。我明白那是一种幻觉，因为我看到她长得和多年前一个模样，几乎就是那个向我揭示了爱情的冒险所能带来的全部惊喜的女孩子。然而，它又是真实的，或是有一些真实之处。在所发生的事情中总会有一些真实的部分，这是不可避免的。然而她的皮肤的色调，以及把她的轮廓描绘出来的那些光线与周围环境的光线完全相隔绝的那种方式，都显得过于古怪。那是由于，她的身体没有在地面上投下影子，我骤然察觉到了这一点。一瞬间，在一连串飞速的心理活动后，我立刻知道了自己也没有影子，而且在天空中，我抬起头去验证这一点，太阳也已经消失了。下午四点钟，蓝得近乎完美的天空，连一片云都没有……没有太阳。它已然消失无踪。

我再次望向阿梅丽娜。从把我俩分隔开的泳池的池水中，隐隐升起了巨大的透明状物，形态还在不断地发生着变化。我觉得它就好像是另外一条马库托之索，梦境中的那一条，内心最深处的那一条……

突然之间，阿梅丽娜消失了，那些幻象消退成一条水平的波纹，太阳又重新在天空中闪耀着光芒。我的影子在我的身前再度被拉长……我的影子，在安第斯山区的所有的泳池里。

我没能忍住向着群山望了一眼，朝着我先前放下克隆器的那个地方的大概方向。这一举止把我带回到了现实中。从正在那里发生的事情看来，至少，我能够肯定这并非是一场梦。无论我的思绪走上了如何怪诞的道路，那一进程还在继续，独立于我而进行；尽管此后我还是得对它进行处理。然而那将是一种结局；就其本身而言，这项伟大事业恰恰在于避免我的任何干预，获得一种绝对客观的平行发展。

## 六

在另一层面上，则存在着另一个巧合：思想的速度与其自身的一致性。这就等同于说，伟大的事业，作为个体的产物，正是在这一恒速下的生命周期里所实现的成果。从某种意义上而言，速度就是这项伟大事业；在进程中，两者交织在一起。因此，我的伟大事业，我的秘密工作，是极为个人且不可被转让的，除了我之外谁都不可能去完成，因为它是由无数的精神和物质瞬间构成的，而这些瞬间的交替连续则证明了我的速度。我在时间中挥洒开来的速度。我的工作，使我成为了一个独特的个体，让我去爱和被爱。

在我惊讶地察觉到在什么事也没有发生的时候在我身上所发生的事件的惊人数量的那一刻，我灵机一动，意识到了上述内容。在信笔记述之时，我把它记录了下来：有过数以千计的微小事件，每一桩都充满了意义。我不得不对其做出筛选，否则就会永远没有尽头。然而，比起循规蹈矩的日常生活，在旅行中所发生的事情会更多一些，这是很正常的。那不仅是因为事情真的发生了，不仅是因为人行动起来，出门去找事情做，同时也是由于，我们一旦离开日常生活，感官就会被唤醒，我们会看到并听到更多，甚至连做的梦也要更多一些。对于某一位像我一样很少去旅行，并过着与我一样富有规律的日常生活的人而言，旅行可能意味着深刻的变化；它和脑活动过度是客观的等效物。

关于这段等待的日子里所发生的事情，我对它们做了筛选以继续这本小说的叙述。当时，克隆的过程正在山上进行着。我在筛选事件的时候，显得有点随意，只考虑到对其做出诠释的可能性。我必须说，我受邀参加的那场文学大会当时也还在进行着，而我对它是如此的漠不关心，以至于根本无法列举出那一场场的会议和讨论环节所涉及的任何一个主题。然而其中有一个场面我是参加了的，尽管，幸运的是，是以一种被动的、间接的方式参加，但是不管怎样，当时我除了获悉这一消息以外别无他法。这是一场附带的活动，可以选择是否出席，属于会议议程的范畴之外；活动的内容，则是由大学人文学院的剧团来演出我所创作的一部喜剧。貌似他们已经演绎过我的其他作品，而这一次的选择则落在了题为《在亚当和夏娃的乐园①里》的作品上。它并非是我自己会偏爱的作品，然而几个月前，当我在他们寄给我的日程表上见到这一剧目的时候，我也不曾提出异议。我一抵达当地，他们就想让我去观赏最后的几场彩排，检阅服饰和舞台布景，并与演员们见面……我礼貌地拒绝了。我只想做一名观众。我这么说是为了履行承诺，因为是否去观看这部剧作对我而言是一样的，假如是为了我而演，我宁可选择放弃；然而它最终还是被搬上了舞台。至于他们给我提出来的那个建议，想要让我和剧团的全体演员谈一谈当初推动我创作这个剧本的初衷，我的拒绝则有着更为坚决的理由。首先，我认为表达自己的想法并不合适；其次则多少是由于从我完成它到当时已经过去了很长的时间，它已被我置于遗忘之中。最后我们就此达成了协议，尽管他们可能有点失望，却也并未显得受到了冒犯。

尽管如此，我还是在某一点上进行了干预。这部喜剧将会在一座新建成的剧场里为普通公众上演；然而试映会

---

①此处的"乐园"一词语带双关：剧名的西班牙语原文为"En la Corte de Adán y Eva"，而"la corte"作为阴性名词时的解释多达十几种，其中，除了"天庭、乐园"这一释义，根据这部作品的实际剧情，同时也对应"宫廷"的释义，甚至暗含"法庭"的意思。——译者注

则只供本次大会的受邀者观赏，而存在着在其他场所上演的可能性，甚至包括露天场所，以便充分利用良好的气候条件。他们要求我给出意见，而在那一点上我确实也觉得自己想要做出表达。由于人们期望从我这里得到出人意料的离奇念头，我选择了机场作为试映场所。机场位于城市的中心地带，因为梅里达城完全覆盖住了自身所在的小山谷。他们觉得这个主意不错，得到了许可，并完成了所有的安排。

这部喜剧可以追溯到我的进化时期，然而它预示了我后期的克隆工作。在我创作的所有作品中，它是一则例外，因为我很反感现在所谓的"互文性"，而且我从不为我的小说或喜剧去效仿文学的元素。我要求由自己去创造一切；在没有其他办法，只能重新使用业已存在的事物的时候，我更情愿去捕捉现实。然而当时我之所以允许自己做出这一例外，则是因为，归根结底，《创世记》是一个特例，尽管从标题上来看不尽如此。如果，创意，或者说，现实的嬗变，都是文学遗传体系的广泛机制的一部分，那么《创世记》完全可以被看成是其总体架构，至少在我们西方人之中是如此。

事实上，说这部小作品预示了后期我在科学领域的工作，有点词不达意。亚当和夏娃的存在，将人类（物种）

追根溯源地还原到孤零零的一对男女的这个单纯的念头，本身只为遗传学提供了借口。我会说这是想象力在那个领域所可以达到的极限。遗传学是多样性的起源。然而，如果没有让多样性得以发挥的人类，多样性就会回归自我，被其普遍特性所羁绊，而想象力就从那里诞生。

我记得，在多年以前，这部作品首映之际，一位评论家称其为"一个美丽的爱情故事"。回顾起来，我已经在这部作品中找到了解决我的一个难处的关键，那就是唯有透过复杂的诠释我才不怯于去谈论爱情。亚当与夏娃的相逢，在一个并没有必要像在现实生活那些令人精疲力竭的迷宫中寻找彼此的世界里，是一种爱的理论。从亚当到夏娃，经历了一段历程，在那个关于肋骨的寓言故事的掩映之下，它其实就是克隆。一旦这两个角色登场，克隆就会降临，最终必将如此。寓言的构想，负责将其置于难以触及的过去，一段只能用想象或虚构去领悟的过去。我相信，这则神话传说，让过去成为一种精神上的东西；若是没有它的介入，也许今天我们会将过去视为另一种现实，作为感知的一个对象。

如今，性已经成为繁殖的唯一途径。性，以及随之而来的爱情演习。亚当和夏娃的场景如此接近克隆行为，他们不由自主地成为了克隆的主角，他们的婚恋激情被寓言所玷污。在某种程度上，我将与两性相关的主题变成了我的一项个人禁忌，然而，伴随着一种骇人听闻的熟悉感，我颤抖着向亚当和夏娃靠近。

现在我开始更详尽地回想起当初我创作那部作品的那个阶段。我之前把它隐藏在主动遗忘的迷雾之中，这一点是可以被理解的，因为那是我一生中的黑暗时期，也许是最糟糕、最混乱的时期。我的婚姻经历了非常严苛的考验，我一直无法摆脱离婚的念头，当时我觉得它是唯一的解决方案，但同时却又给我带来令人无法忍受的恐惧。我开始酗酒，然而由于我的体质有点不耐酒精，我又染上了一些近乎怪异的症状；其中最糟糕的是左腿的痉挛，它开始表现得仿佛比右腿短了二十厘米似的；据我所知，我的两条腿在尺寸上是完全一致的，但无论如何，当时我以最引人注目的方式跛着过了好几个月。所有这一切，汇集在一起，导致我开始服用毒品（这是我一生当中唯一一次这样做）。我对普罗西地那①上了瘾，所使用的剂量是如此之大，以至于原本迟早有一天我会死于过量服用，倘若不是因为我最终找到了出路的话。

我的治疗的一部分，或者不管怎么说，我被治愈的证

———————————

①普罗西地那（Proxidina），本书作者杜撰出来的一种药物，在他的其他作品中也曾出现过。——译者注

物，就是这部喜剧作品的撰写。这说明，我使用了业已存在的一则神话传说。这一点，作为令我感到遗憾的、我向文学手法堕落的解释，可能显得有些过分，然而事情就是如此，大山分娩①就是这样。在本质上，亚当和夏娃的结合，就是一则关于绝对的亲密无间的神话，是由于克隆而后续发生并成为可能的性行为；普罗西地那以每天五次的频率在我的细胞中制造出相同的效果。然而，一旦一切都被回馈给文学，治疗便完成了。

现在，我的记忆，它带着一种仿佛想要表明"我还有更多"的神情，给我带来另外一段汇流而来的插曲，也就是我在那个时期所经历的一种转瞬即逝的幻觉。当时，在普罗西地那在我身上所产生的众多感官上的骚动潮涌之中，这一幻觉并没有引起我太多的关注。每当我闭上双眼，就会看到两个男人互相扑向对方，就像是两个没有武器的剑客；我是从侧面看到他俩的，只是侧面轮廓而已，两个人都穿着黑色的衣服。这一场景的景深很浅，几乎就像是一幅漫画，然而却被赋予了极大的暴力。

①大山分娩，源自《伊索寓言》。相传，古时候，在一座山里发出了隆隆巨响，据说这是大山临产的信号。人群从四面八方聚集起来，怀着恐惧等待着，然而最后只看到一只老鼠跳了出来。现在这个典故往往被用来指经过大肆宣扬或是经过极大努力而取得的微不足道的事物。——译者注

我骤然睁开双眼，画面就会消失。这两个视觉上的小人互相朝着对方扑过去的时候所携带的恨意，使我的心中充满了恐惧。我感到无法忍受，竭力抬高我的眼皮使之消失，就这样，我看到的场景就永远只局限于那一幅没有武器的击剑进攻场景的草图。接下来会发生什么呢？我从来都不知道，但也许将来有一天我会知道。

约定的时间是在周六下午的傍晚。我略微缩短了一点游泳的时间，只缩短了一会儿而已。我坐上出租车回到酒店，洗了个澡，然后打了一会儿盹。当他们打电话告诉我大巴车快要开了的时候，我走下楼去。我的同行们，男士们和女士们，像是要去歌剧院一样盛装打扮。在大会的组织中担任志愿者的年轻的女学生们，首次穿着鲜亮的服装亮相，在她们化了浓妆的棕褐色的脸庞上方，高高地梳起了精致的发型，还打上了丝绸蝴蝶结。当时有两辆大巴车在等候着，还有一长排的出租车和豪华轿车。一如既往地，我们到得有点晚。我上了第一辆大巴车，它的司机不耐烦地按着喇叭，然后我们就像箭一样地出发了。为了节省时间，我们走的是环城的高架快速路，全程我都透过小窗观赏着群山的风貌，沉浸在自己的思绪之中。如果我的推测没有出错的话，当天晚上，我的克隆器将会敲奏出它的任务的最后一声锣响，那个天才将破壳而出。此刻那个被创造出来的生物的外皮组织应该正在发育成形。等到天一亮，已经完工了的、卡洛斯·富恩特斯的克隆人将会从山峰上走下来，而我伟大事业的最后一个阶段就此开启。

在机场那边，演出的一切准备业已就绪，等到最晚的那几位客人一到，演出就开始了。尽管他们在第一排为我留了一个座位，但我更倾向于站着看，把自己隐藏起来，可谓是"处于幕后"，也就是说，处于植物的掩映之下，因为这场演出是在一个花园中进行的，它将候机厅、值机柜台以及一间间用玻璃围成的贵宾候机室的酒廊分隔开来。那是一个很漂亮的花园，带点狂野；在那个纬度地区，想要始终控制住植被的生长是比较困难的。棕榈树的脚下长满了像是炮仗花那样的观花灌木，大果榕的投影勾勒出形状别出心裁的屋檐，蕨类植物巨大的羽状叶片形成了夸张的屏风，到处都垂下巨大的兰花，有黄色、紫色和天蓝色。有一些植物的叶子长得太大了，单是一片就足以把我隐藏起来。我以暗中观察观众为乐。所有的人，再次被我看成是从我的实验的核心地带涌现出来的无意识的机器人。一种分裂的想法占据了我的脑海。我想到："假设他们是真人的话，在这一刻，他们会在做些什么呢?"然而另一部分的我，知道他们其实是真人。就好像现实本身已经在时间上完成了迁徙，如今它已跳跃到了另外一个时空……多年以前，就在这个地方，我和阿梅丽娜见了最后一面，当时我俩做了最终的剖白，伴随着泪水和承诺。这个地方已经被浸润，就像是一处可被感知的销魂地。我意识到我的目光正在寻找着她，却不可能见到她。该如何用目光穿越今时今日之墙？在构建出这个机场的所有建筑物的巨型玻璃上，映照出这个花园欣欣向荣的景象，又一层层地重复形成透明的反射，而一架架飞机巨大的、白色的身影，则在这些虚幻的迷宫中穿梭飞过。

这可能和当时的时间也有点关系。太阳已经落到了群山的背面，一座座的山峰是如此的高耸又相邻，以至于它们的轮廓交织在了一起。太阳从天空中消失，大气层便染上了一层更深的金色。

在最开始的那几段长篇独白（当时我依然把它们记得很清楚，尽管我并不希望这样）响起的那一刻，我的怪异感加深了。我的目光像是被磁化了一般，停留在坐在第一排的卡洛斯·富恩特斯的身上。他看上去十分专注于这部作品，注意力极为集中，像是在另一个世界里。他的身边是他的妻子西尔维娅，她就像神话中那些姣好的仙女一样美丽，神态放松，嘴边带着一抹不太明显的、怀有兴趣的微笑。即使是在这一刻也完全不可能消失的、属于作者的虚荣心，使我问起我自己，他们会如何看待我的这部拙作。

我害怕落到其鉴定水准之下。但是，我对自己说，那是不可避免的，此外，到了这个时候，那又有什么重要的呢？

一阵笑声惊动了我。我都忘了观众们也会做出反应。我赶紧将注意力又放回到演员们的身上，他们正在花园的中间走位。夏娃正斜倚在一张长沙发上，穿着一件膨大的、苏丹王后款式的红色连衣裙，怀里还抱着一个橡胶海绵做的米老鼠。她看上去似乎正在不耐烦地等待着什么。两个小丑在她的脚边，一人弹奏着一把竖琴。走进来一位女佣并宣布："亚当先生现在没法过来，女士。他很忙。"那都是啥呀？我都没法识别出来，这也太达达主义①了。然而，都是我自己写出来的。夏娃亲自去亚当的实验室找他。亚当同意陪她一起喝茶，却不愿卸下他正费力地扛着的外窥镜成像设备，因为那是一个巨大的装置。渐渐地，记忆向我回归。没错，那一切确实都是我写的。不仅如此，剧组正严格按照剧本演出，直到最后一个逗号。如果先前我还曾经怀疑过它是否由我本人所写成，那么，那里有我所反复使用的主题，我的小技法，甚至那些取自现实生活的、未经改变的对话，它们使我回想起在很久以前的夏日午后

①达达主义，是1916年至1923年间出现的一种无政府主义艺术运动，由一群年轻的艺术家和反战人士领导，试图通过废除传统的文化和美学形式发现真正的现实，是20世纪西方文艺发展历程中的重要流派。——译者注

我和我的妻子一起喝过的下午茶。然而这些演员为什么要用过分巨大的、容量为20升的杯子喝茶呢？在那一点上，我得要回想起来的（我也这么做了），是当初写作时所发生的心理过程；在这一情境下，回忆就相当于重建。至于茶杯的那个细节，它意味着，在世界的初始阶段尺寸尚不合宜：时至今日它已经经历了长时间的演变。演员们的对白，带有加勒比地区的口音，在我听来有些奇怪，特别是自从我开始重新找回其精神脉络以后，然而，我不得不承认它们忠于原文。

制片人只在一点上做了创新：亚当是个黑人。尽管这其实也算不上是一项创新。单纯只是找了个黑人演员而已，也许他是他们所拥有的最好的男演员。人们并不会歧视他！在委内瑞拉有相当多的黑人，虽然在安第斯地区的黑人数量要少得多，在大学里就更为少见了。然而那些为数不多的黑人在大学里脱颖而出，所以他们把主演的角色给了他也就不足为奇了。他们肯定表现得就仿佛他是个普通人，和其他所有人都一样，而事实上，也许当时唯有我注意到了他是个黑人。

至于亚当一直都背着的那一整套外窥镜成像设备，其实剧组做得还挺不错的，尽管他们也只是依从了最简单且最缺乏想象力的解决方案。这一装置是整个舞台活动所围绕着进行的轴心。在剧本的场景说明里，我当时只指明了它的体积（两米乘以一米半乘以一米，差不多是这样），并且指出它应该具有科学——光学设备的外观。而这里的道具师所领悟到的念头，是使它成为一台"单身机器"①；也许他对于这个念头的领悟好得过了头，因为这款外窥镜成像设备，在夸张度上，看上去有点像是杜尚的《大玻璃》。

剧情的事件冲突一幕幕地推进着。所有的情节全都基于一种神秘的不可能性，萦绕在两位主角的关系的核心部分。双方的爱情是真实的，然而却又是不可能的。亚当所做的实验，以及夏娃那种宫廷式的轻浮姿态，都是一种遁逃。在一种看似抽象抑或是异乎寻常的不可能性中，爱情被揭露了出来，而实际上，它十分简单甚至有些庸俗：亚当是个已婚男。

我必须坦诚，当时我不知道该如何解决这一情节所暴露出来的矛盾。因为，如果亚当和夏娃分别是这个星球上唯一的那个男人和唯一的那个女人，那么，亚当的妻子，

---

① "单身机器"（La Machine Célibataire或bachelor machine），这一术语由法国艺术家马塞尔·杜尚(Marcel Duchamp, 1887—1968) 首创，用来指他的代表作《大玻璃》（创作于1915—1923年，又名《新娘被单身汉们剥光了衣服》）的下半部分。后期又有多位艺术家对"单身机器"这一概念进行了继承和创新。——译者注

那位不在场的妻子，正是她的存在阻止了亚当沉浸在对夏娃的爱情之中，而她就应该是夏娃本人。这一思路（非常具有我的特色，乃至于我认为这就是我对文学的看法）就是去创造一些与那些既现实又不可能的影像相当的事物，如同埃舍尔的《观景楼》[①]。在画面上，它们看似可行，然而却无法被建造出来，因为那只不过是透视法上的一种幻象。它也是可以被写出来的，但作家必须得富有灵感，且十分投入。在仓促中，在急于完结的窘迫中，在渴望使人喜欢的绝望中，我失败了。在这部喜剧里，我只能凭借着模棱两可的双关语和诙谐的对话来进行支撑。而且持续的时间也比较短，因为很快就会有事件开始发生。

就在那时，当剧情匆匆发展至结尾，在下午茶的激烈对话之后，我的草率拙劣，就像是一个精神上的原子弹，落到了我的身上。我又一次屈服于愚蠢，屈服于那种为了创作而创作的轻浮，求助于类似机械降神[②]那样出人意料

①《观景楼》（Belvedere），荷兰著名版画家莫里茨·科内利斯·埃舍尔（Maurits Cornelis Escher，1898—1972）创作的平板画，于1958年5月首次印刷，展示了一个看似合理却又不可能存在的华丽建筑。埃舍尔被尊称为错觉图形大师，他的作品往往充满了哲学的思考和对传统视觉理论的批判精神。——译者注

②机械降神（拉丁语词组 "Deus ex machine"，译自希腊语），又译 "天外救星" "舞台机关送神" "解围之神" 等，指的是意料外的、牵强的解围角色与手段或事件。在古希腊戏剧中，当剧情陷入胶着或是困境难以解决时，往往会突然出现拥有强大力量的神将难题解决，或是制造出意料之外的剧情逆转。——译者注

的事物！那条装点着我的文学伦理体系的门面的、古老而智慧的忠告，"再简洁些，年轻人，再简洁些"，又一次被浪费了！我所写的东西中有为数不多的出彩之处，是因为当时我恰巧采纳了这条建议。只有在极简主义中才可能实现不对称性，而在我看来，不对称性正是艺术的精华所在；在复杂化的手法中，将会不可避免地形成过分的对称性，既庸俗又一味追求浮华的效果。

然而在我这里，那种添加事物、插曲、人物和段落的癖好，那种对于分支剧情和衍生叙述的癖好，是命中注定的。这应该是出于不确定性，害怕只写最基本的内容尚不够充分，于是我不得不一再加以修饰，直至获得一种超现实主义的洛可可风格，对此，没有人会比我感到更为恼怒。

看到自己之前创作的作品中活生生存在着的欠缺之处被搬上舞台，就像是一场噩梦（噩梦中的噩梦）。在这一点上，作为对我的惩罚，存在着一种诗意的正义，因为这部喜剧从那一刻开始所遵循的逻辑，就是噩梦的逻辑。可怜的亚当走火入魔，在癫狂中把夏娃给杀害了……剧情的发展充斥着惊悚的细节：他把她的脑袋割了下来，先是用它做了几个令人毛骨悚然的杂耍动作，然后又把长长的金发分成了两缕，并把它绑到了依旧处于直立状态的尸体的腰部。用头发打成的发结在屁股上方垂落下来，脑袋则在身体前方，宛若一条用来遮挡关键部位的系带三角裤。随后他就逃走了，并始终扛着那套外窥镜成像设备。巴比伦的警署开始介入，负责案件的探员表示：我们正面对着一个连环杀手，犯罪模式反复出现，这已经是第七起了，受害者都是长发的金发女郎，脑袋被绑到了腰部……然而，亚当，根据定义，是第一个也是唯一一个男人！因此，他不可能又是一个犯罪嫌疑人，而必然就是罪犯本人。不仅如此，如果夏娃是唯一的那位女性，她又是如何成为连环杀人案中的又一位受害者的呢？连环杀手们乃是进化过程的后期产物，连我自己都无法理解。

接下来，在亚当所藏身的洞穴中，夏娃的幽灵出现了，与那个单身机器上的玻璃融为一体。某一外国势力的特工们，想要趁机窃取这套外窥镜成像设备，却不知道夏娃还在那里生存着……剧情荒诞离奇，令人震惊，我深感汗颜。

## 七

令人难以置信的是，那段大杂烩获得了人们的喜爱。演出结束后，天色已晚。借着最后一缕日光，在演出进行到最高潮的时候，下午的航班降落了下来；每天只有两个航班抵达梅里达，由于飞行员必须进行一系列的操作，以避开环绕着这个狭窄的谷地的山峰，这两个航班都必须借助白天的阳光着陆。发动机的噪音盖过了一些对白，几分钟后，乘客们背着包或是拉着行李箱，鱼贯地穿过剧场，但却没有打断表演。这一细节，在稍后由机场负责人所提供的庆功酒宴中，是被人们谈及最多的一点。当时洋溢着一种节日的氛围，几乎是兴高采烈的；所有人都显得很开心，除了我以外。我放肆地饮酒，希望这个糟糕的主意能使我摆脱沮丧的心情。自我十年前开始戒毒以来，我没有喝过一滴酒。那天我还算是谨慎，至少没有把不同的酒混在一起喝；然而朗姆酒具有欺骗性，它总是很温和，总能使人保持镇静，就像是一个没有后效的、永恒的动机，一直等到效果突然显现出来，人们才意识到其实效果从一开始就存在，在动机开始存在之前业已存在。当时的大厅里十分嘈杂。每个人都扯着嗓子说话，谁也听不清楚。我以彻底的傻瓜的表情接受着人们的祝贺。我看见他们微笑着，嘴唇一开一合，有时候我也会动动我的嘴唇，喝上一口，并再次微笑；那个表情我维持了好久，久到脸都疼了。就连卡洛斯·富恩特斯所说的话，我也是以那种方式进行接收的。

接下来所发生的事情，在由于酗酒所产生的神志不清中变得模糊。我们登上了大巴，它们把我们直接送到了酒店的餐厅去吃晚饭，从那里又到了酒吧继续喝酒，然后在午夜时分我们又打车去了一家迪斯科舞厅……在这个不眠之夜的各个不同阶段里，在朗姆酒所产生的剧烈影响之下，我始终感到一阵无法舒缓的不舒适感，尤其是因为我一直搞不清楚它的位置。我不知道是哪里出了问题；并非是指那种觉得自己不属于此地的感觉，因为在我身上一贯如此。最终，我得以向自己解释当时都发生了些什么：在半昏迷的状态下，我加入到一大群年轻人之中，我和他们一起坐大巴回来，坐到了他们的那一桌，并且在接下来的活动中一路跟着行动。他们是在大会的组织（他们称之为"后勤"）里做志愿者工作的学生，几乎全是女生，几乎没有一个年龄超过二十岁。报名参加那项工作的人并不一定得是文学爱好者。我的同行们并没有采取任何措施让我脱离年轻人的群体。恰恰相反，他们对我一直以来所打造的、比起文字更偏爱"生活"的名声坚信不疑。他们相信我一贯游走于年轻女性们的身后，而且他们也赞成这一点，在某种程度上，通过向他们表明文学是生活和激情的一部分，我也间接地使之合法化。而从学生那块而言，他们所想要的，仅仅只是我当时看上去所给予他们的关注度，比起那些我应该与之展开交谈的著名作家，我更钟情于与他们聊天的这一事实，以及在公开场合炫耀与解开了"马库托之索"的奥秘的英雄在一起。

在迪斯科舞厅，我度过了那天晚上的剩余时光。那里的灯光一闪一闪的，萨尔萨舞曲的音量被调到了最大，人也非常多，几乎都没有转身的空间。我倒是不在乎，因为我当时正处于平流层①之中。那群年轻人使我成为了一位醉醺醺的护花使者②。我那些老成持重的同行们对我所形成的错误的观念，可以从另一个角度被看待，它在本质上是相同的：吸血鬼理念。我那种徒有其表的成熟是只能用这种方式来看待的。然而我坚信，我的吸血鬼理念别具一格。

吸血鬼理念是我和他人的关系的关键，它是允许我与他人结交的唯一机制。当然，这是一个比喻。确切来说，吸血鬼本身并不存在，它们只是用来表达我的想法的那个比喻所需要的、那种令人羞耻的寄生主义的全部形式所汇聚交集的那个点而已。那个比喻在我身上所采用的形式是特殊的，正如我所说的那样。我向那些被我捕捉到的其他人所汲取的东西，并非金钱、安全感或是钦慕，即使转到

①此处应为隐喻。在西班牙语的表达中，"处于云层中"意为"心不在焉"或是"一无所知"，而"生活在云层中"也有"脱离现实"的意思。——译者注

②原文"guardia de corp"，源自法语"Garde du Corp"，意为"皇家护卫队"或是"国王骑士"，后期经过众多文学及影视作品的演绎，常被用来隐喻"护花使者"。——译者注

专业领域而言，我所汲取的也不是主题或故事，而是风格。我已发现，每一个人，事实上，每一个活着的生灵，除了所有可以展示出来的物质及精神财富，还拥有一种用来管理上述财富的风格。而我，已然学会了如何去发现这种风格并占有它。这一点在我与他人的关系中具有重要的影响，至少在过去的四十年间我所进行的人际交往中是如此：它们是短暂的，开始即结束，转瞬即逝。同时，随着我在捕捉他人的风格的这件事情上变得越来越熟练，我与他人的人际交往也变得越来越短暂。任何一种其他类型的吸血鬼理念都可能会永久地保持双方的关系，比方说，假如我是从我的受害者那里汲取金钱或者注意力的话，对被吸血对象的预留储备也往往倾向于使之源源不竭。即便是出于寻找故事的目的，单独一个主体也可以无限期地向我提供故事。然而风格并非如此。它所具备的那套机制，会在人际交往的互通中被耗尽。我一旦行动起来，很快就会看到我的被吸血对象开始干涸，变得干瘪又空虚，然后我就会丧失全部的兴趣。于是，我就转向下一个对象。

借助上述内容，我已经说出了我的科学活动的全部秘密。那些引人注目的克隆体，只不过是对颇具风格的细胞的复制。这一点理应促使我问自己，为什么我对各种风格充满了渴望。我认为答案就在于对坚持的纯粹需求。我已经在爱情中去寻找这种需求的出路，但至今尚未获得成功。

当时，我们一大堆人挤在一条靠墙的长凳上；奈莉坐在我身边，时不时和我聊上一会儿。她是我那些年轻的委内瑞拉朋友中的一位，是一名文学专业的研究生。我很欣赏她，且经常会对她感受到那种罕见的、跨越了性别障碍的嫉妒之情。她应该是二十一或二十二岁，但却长成了那种永恒的理想模样的化身。她身材娇小苗条，五官具有罕见的纯净感，眼睛非常大，贵族的风范。她的着装，极为宽大的裤子和紧身胸衣，是一种光洁的深紫色；那对完美的乳房几乎都袒露在外；她的脚上，穿着一双头部很尖的东方式样的女士拖鞋。卷曲的金发垂落到她的肩膀上，斜斜地遮住了她的一只眼睛。她的其中一部分魅力源自不统一感。她是黑白混血儿，或许还带有印第安人的血统，但却长了一张法国女人的脸庞。根据我从她的朋友们的口中听到的话来判断，她的发色是最近刚换的；在几年前，我认识她的时候，她还是红头发的。永远都无法猜到她心中正在想些什么。那天在迪斯科舞厅里，她十分安静，显得很放松，手上拿着一杯朗姆酒，那双美丽的眼睛则沉湎于默观之中。她似乎像是在另外一个地方。只有当别人和她说话的时候才会开口；如果没人和她说话，她就任凭自己被笼罩在一层平和且具有庇护性的沉默之中。她悄声说话，然而发音十分清晰，在嘈杂的音乐声中也能被听得很清楚。

"你今晚很迷人，奈莉，"我说道，由于酒精的作用舌头有点打结，"一如既往，除此之外格外迷人。或许我已经和你说过这一点了？我现在说出来的每一句话都是重复的，尽管同时也由于这个原因，我感受到我所说的话，在它的内容和意图的深刻真理的映衬之下，效果加倍。"

有那么一会儿，她看上去似乎没听到我说话，然而这正是她一贯的反应方式。在我俩紧紧挨着的两具身体之间几乎不存在的挪动空间里，她朝我转过身来，就好像是一尊女神的雕像在祭坛上发生了转动。

"我是特意为了你精心打扮的，塞萨尔。今天是属于你的特别日子。"

"非常感谢。我很享受这一切。不过你总是很优雅，这已经是你的一部分了。"

"太贴心了！你从内到外都很好，塞萨尔。"我不得不做出一个表情，表示出对她所说的话的第二部分的惊奇，因为我听到她又补充道："你既英俊又年轻。"

当时光线很暗，我们几乎是处于黑暗之中。或者更确切地说，那些五颜六色的探照灯所发射出来的一束束闪烁的光线，能够让人看到正在发生的事情，却不能使之在脑海中再度成像。那正是那些夜店的狡猾发明。在外面明亮处进行的工作重塑了人的主观意识，而在酒精和噪音的帮助下，后者又被瓦解。从这一瓦解行为的深处，美丽的奈莉冉冉升起，就如同天堂里的仙女一般温润、闪着金光。我搂住她的腰并吻了她。她的嘴唇带有一股奇怪的芳香，使我联想到了丝绸的味道。我俩当时靠得如此之近，如此地上下紧挨着，以至于整个动作只发生了最小的位移，简直令人难以察觉。

"如今我已不再年轻，"我对她说，"你难道没有注意到，自从我上次来访至今，我已经掉了那么多的头发了吗？"

她抬起视线看向我的脑袋，并对此表示否认。我则带着醉汉的固执一再坚持。我告诉她说，我那即将到来的秃顶状态使我感到害怕。并不是单纯为了美观，而是出于一个非常具体的原因。我对她说，在我年轻的时候，出于一阵疯狂的冲动，我曾剃光了自己的脑袋，并在头皮上文了一段文字，后来头发又长了出来盖住了文身。如果现在我秃顶了，并且那段文身被曝光的话，那么我至今为止已成功构建起来的菲薄的名望必将终结，而这一名望恰恰是我用来抵御外界的脆弱外壳。

"为什么呢？文身都说了什么？"她向我发问，就好像暂时相信了我一般。

"我只能告诉你，那是相信外星人存在的一份宣言。"

一束紫色的激光瞬间从她的脸上扫过，让我看到了她一本正经的微笑。

正是因此，我继续说道，我在滋养头发的洗发水上花了一大笔钱，也是由于这个原因，出于对商业产品的不信任，我最终投身于化学。

过了一会儿，为了转换话题，我问起她左手上正闪闪发光的那枚戒指。那是一件精心设计的首饰，呈皇冠状，上面有一块蓝色的宝石，宝石的晶面看上去像是被分开镶嵌的。她告诉我说这是她的毕业戒指，那所大学的传统之一，虽然她的这一枚独具特色：他们为她给戒指做了双面设计，以纪念她同时在两个专业毕业，作为文学老师和文学教学法的老师；这两者的差别相当细微，然而她似乎为那个双重毕业身份而深感自豪。

她把她那丝般柔滑的小手，放到了我那双已在工作中被核酸腐蚀了的大掌上。我把它拉到眼前以欣赏那枚戒指，那的确是一件有着出色的镶嵌工艺和精巧设计的杰作。每当有一波频闪的激光光束扫过我们时，那块蓝色宝石就会晶光四射，透过镶嵌于其中的两块微小的切面，我能够看到一群年轻人在跳舞。而在宝石上蜿蜒环绕着的那条细细的金饰线上，则顺次雕刻着一组铭文。

"你瞧，"她一边对我说，一边用另一只手的两根手指去旋转戒指，"一组铭文的字母可以重新组合成另一种读法，你可以读出我的两个学位中的任何一个。"

由于那光怪陆离的灯光以及当时我脑袋里的晕眩感，我无法把它们给读出来，然而我确实对这一设计的匠心感到钦佩。我吻了她的手指。

请上帝原谅我吧，然而我确实对那所热带大学的学术严谨性表示严重的怀疑。在迪斯科舞厅里发生的所有这些对话和爱抚都兼具一种更为广泛的背景，而在那一背景下我正对奈莉的真实智慧展开估测。我的一切诱惑手段，不管是天真的抑或是放肆的，甚至是那些最具激情且最为真挚的诱惑手段，其在本质上都是在对相关女性的智慧程度进行持续的评估。我无法回避这一点。这一深层背景应该是由于青春期的幻想，我想要拥有一个性奴，一个毫无保留的、彻底屈从于我的意愿的女人。为此，她的智慧应该要具有非常特殊的形态和容量。然而，智慧是神秘的。它总是嘲弄我，逃避我的掌控，包括我在文学上的掌控，就好似一个无法解决的敌人。

奈莉对我而言还具有另外的价值，更为实际同时也更加难以言说。她是阿梅丽娜最好的朋友，是她的心腹知己，她知道关于她的一切……除了其他信息，她还知道她藏身何处。她是通向秘密的工具，然而同时也是一个神秘的工具，建立起了爱情的连续性。她俩没有丝毫相似之处，几乎是两个完全相反的人。我有一次，曾经开玩笑，把她俩与月亮和太阳进行了比较。那天，在迪斯科舞厅里，在我酒精中毒的情况下，我在自己的身旁，拥有了一个活生生的、完美的现实，这一现实和其他所有的现实发生触碰，并继续在其中延续下去，直到覆盖了整个世界。奈莉如梦似幻的双眼，在那个夜晚，在我的身上，沉沦。

## 八

破晓时分，事物又从真实中涌现出来，就像是在一滴水珠里那样。那些最琐碎的物体，被饰以深刻的真实感，使我近乎痛苦地颤抖起来。一片草丛，一块铺路石，一小块布，一切既柔和又沉重。我们当时位于玻利瓦尔广场，它就像一片真正的森林那样绿树成荫。天空已经变成了蓝色，连一片云也没有，没有星体或是飞机，仿佛已被清空；太阳应该已经在山的另一边升了起来，然而阳光连西边的山巅都还没有照到。光线变得强烈起来，物体不会投射出影子。黑暗和光明浮荡在层云①中。鸟儿们没有在歌唱，昆虫应该都还睡着，树木保持静止不动，仿佛是在一幅画中。而在我的脚下，真实仍在诞生，就像是一个正在不断地生成的矿井，一个原子接着一个原子。

使事物发光的那种奇异的感觉来自我本人。从我幽深的困惑之中，涌现出了世界。

"那么，我可以去爱吗？"我问我自己，"我可以像电视剧里那样，像现实生活中那样，真正去爱吗？"这个问题超出了一切可想象的范畴。去爱？我，去爱？我，一个理智的男人，智慧的唯美主义者？难道不需要发生些什么，一个宇宙的标志性事件，一桩将会扭转所有事件进程的大事件，某一种日食……使之成为可能？在离我的鞋子几厘米远的地方，又有一个原子开始结晶，形成透明的火焰形状，紧接着，另一个原子……如果我能够去爱，仅仅只是如此而已，无须宇宙发生倒转，为了让现实成真所要维持的唯一那个条件就是毗邻：事物挨着其他事物摆放，连成行或是连成片……不，这是不可能的，我无法相信它。然

---

①层云，气象学术语，是指天空中呈均匀幕状的云层，一般呈灰色或灰白色，似雾，但不触及地面，常笼罩山腰。层云是在大气稳定的条件下，因夜间强辐射冷却或乱流混合作用，水汽凝结或由雾抬升而成，往往会在太阳升起之后逐渐消散。
——译者注

而……扑哧！另一个空气原子，在我的脸庞的高度，开始了又一段闪光燃烧的螺旋进程。假如所有条件都可以被浓缩成一个条件，那么它就是：亚当和夏娃是真实的。

奈莉和我，坐在树丛下的一条石头长椅上，脸色如纸般苍白。我的面部线条极度紧绷，一张老人的脸，苍白，缺乏血色，头发竖了起来。我能够知道这一切，是因为我从外窥镜成像设备的玻璃上看见了自己的倒影，它就在我们的面前。大学剧团的演员们，把它带到迪斯科舞厅作为压轴节目，目的是为了向我致别；我们就像野蛮人庆祝雨神节那样，围着它跳舞，并看到我们所有人缩小了的影像被倒映在玻璃上。之后，他们都喝醉了，将它给忘了，我承担起了把它搬运到广场上的任务，因为我想着，既然他们需要用它来完成这部剧作的首场正式演出，他们迟早会想起它来并前来寻找。

应该要承认他们把它做得很好。黎明的霞光被完整地投射到这个外窥镜成像设备上，而我俩则身处于这片霞光之中，像是刚经历完世界末日一般。我努力将视线从这套设备的玻璃上挪开，然后直直地看向奈莉。不知为何，我向她提了一个愚蠢的问题：

"你在想什么呢？"

她保持了片刻的沉默，眼睛茫然，却又十分专注：

"你没听见吗，塞萨尔？会是发生什么事情了呢？"

我倒是可以担保，当时绝对很安静，然而作为一个外国人，我无法判断出这片寂静中的正常或是异常成分。无论如何，激发起奈莉的不安情绪的，并非是这片静寂。当我从自己的浮想联翩中回过神来的时候，我也听到了惊恐的尖叫声，汽车加速的声音，还有警笛声，汇聚成一阵在外围轰然存在的、闷闷的钝响，丝毫没有影响到市中心那种超尘脱俗的宁静状态，尽管还在不断地向它逼近。

"鸟儿们停止歌唱了，"奈莉悄声说道，"甚至连苍蝇都已经躲了起来。"

"会是地震吗？"我大胆假设。

"有可能。"她不确定地回答道。

一辆小汽车从广场的一侧全速通过。后面行驶着一辆满载着全副武装的士兵的军用卡车，其中的一名士兵看到了我们并朝着我俩喊话，然而卡车开得太快了，我们没听明白。

"你瞧！"奈莉指着上方喊道。

我看到，在一座高楼的露台上挤满了人，他们正向远处望去并大声呼喊。在广场四周的各个阳台上也在发生着同样的事情。我们面前的大教堂的钟开始被敲响。转眼间，街道上就挤满了载着全家老少的小汽车……我觉得这似乎

是一场集体大疯狂。从我的角度来看，我也可以将其视为
是一种正常的行径：我并不了解这个城市的习俗，并没有
什么能预先阻止它在每一个周日的早晨都呈现出如此这番
模样：本地人都从阳台和露台上探出脑袋去看看天气如何，
并大声嚷嚷着，说这样的好天气太适合他去散步或是做运
动，以表示庆祝；大教堂的钟声仅仅是为了召集当天的第
一场弥撒；那些全体出动的家庭则只是一大早出发去野餐
而已……如果我当时不是和奈莉在一起的话，我可能会把
这一切当成是周日的惯例。然而她当时极度不安，甚至有
些惊慌。

很明显，正在发生的事情是在远处发生的，而这个封
闭型的小山谷所能企及的最遥远的地方，就是环绕着它的
那些山峰。我们无法从广场上看到那些山峰，然而从任何
一条毗邻的街道上都可以一览它们的全貌，这也是这个地
方的旅游魅力之所在。我站了起来。奈莉一定也是有了同
样的想法，因为她也站了起来，并迅速估算着为了摆脱疑
团从哪个地方离开最近。

"我们去洪堡街的拱门吧！"她一边说着一边开始行动。
我知道那些拱门在哪里，离我们一百米远，连着几条特别
长的公共阶梯，那里的落差是如此之大以至于可以望见整
个山谷的一半。我开始跟着她行动，但是我用一个手势把

她拦了下来：

"我们要把这个笨重的家伙留在这里吗？"我一边说，一边指着那个外窥镜成像设备。

她耸了耸肩。我们把它扔在了那里，并加快脚步前进。只用了短短几分钟，我们就抵达了拱门，而在这一路上，街道上的人流量成倍增长，直至拥堵的人群使我们前行受阻。每个人都很激动，有些人显得害怕，而大部分人都行色匆匆，仿佛他们的性命受到了牵连。每个人都在说话，然而我一个词也听不懂，就好像他们都在说着外语一般，这想必是由于惊慌所产生的生理效应。

我们一探出脑袋，就看到了那个场景。它是如此骇人，以至于我颇费了一点时间进行吸收。就目前而言，警报及恐慌是有充分的理由的。我并不十分知道该如何去描述它。那种首次得见的"第一次异象"超越了凡尘；当时依然还是黎明时分，太阳也还未出现，天空尤为澄澈空旷，物体也不投射影子……若干条巨大的蓝色蠕虫，从山顶上缓缓而下……我知道，这样说可能会使人联想到自动写作①，

———————————

① "自动写作"是指由法国诗人和评论家布勒东（André Breton，1896—1966）所倡导的超现实主义的一种实验性的创作手法，它采用无意识、梦幻、想象等手段，强调不受理性控制，行文中往往充满大量的比喻，意象与意象的连缀超出常规。——译者注

然而除此之外没有其他办法对其进行描述。看上去仿佛是被植入了另外的情节，比方说，一部古老的廉价科幻电影。然而却存在着一种完美的连贯性，在任何时刻都不曾被打断。那些蠕虫是活物，在这一点上，我无法欺骗自己：我在操控各种形式的生命体上有过太多的经验。有些动作是没有任何一台机器能够模拟出来的。蠕虫的尺寸，可被估算成约三百米长，直径则粗达二十米；它们几乎像是完美的圆柱体，既没有脑袋也没有尾巴，尽管这一几何形状得靠人们在脑子里进行还原重塑，因为它们看上去是弯曲的，随着山体的起伏而发生改变。此外，它们看上去既柔软又迟钝，却有着可怕的体重，这一点是可以被推断出来的，因为它们一路扫开挡道的巨石，劈开山坡，把整片的树林碾成碎屑飞溅起来。而最为神奇的，则是它们的颜色，如果不是因为它为当时的形势又额外增添了一丝恐怖的色彩的话，简直值得膜拜：一种磷光蓝，泛着水光，一种临近夜晚的天空之色，一种貌似原始胎盘的潮湿润泽的蓝色。

奈莉抓住了我的胳膊。她被吓坏了。我的目光扫过这个由安第斯山脉环绕而成的巨型阶梯剧场：好几百条蠕虫，正在向下爬行，朝着城市而来。从人们的尖叫声中，我突然明白，在我们身后那些看不见的山峰上，也在发生着同样的事情。我之前说过，梅里达是完全被高山环绕着的。

这意味着：很快，我们就会被怪物粉碎。山坡的坍塌是灾难性的；像房子一样巨大的山石翻滚着落下，整个山谷都随之颤抖，城郊应该已经遭到了破坏。简单的预估表明，这座城市将无可避免地被摧毁。那种蠕虫，只要有两三条，就足以将其碾轧到只剩下最后一块砖石。然而它们有数百条之多！不仅如此，我惊恐又沮丧地发现，它们的数目根本数不过来……而且还在增长着！就仿佛它们还在继续出生一般，而且这一过程丝毫没有停止的迹象。最早的那批蠕虫已经爬行到了半路上，从高山之巅到谷底的那条线的中点。这就是为什么它们正在往下爬：其自身的繁殖驱赶着它们顺着斜坡向下爬行。这几乎是一种机械的宿命厄运，并非是由于这种古怪的巨兽受到杀戮意图的驱使。公平地讲，它们长得太奇怪了，不像是会有脑子去拥有什么意图。会摧毁我们的是它们的尺寸……如果那会儿有人灵机一动，认为其尺寸可能只是一种视觉上的幻象，会在下山的时候逐渐变小，直到变得像烟头那般毫无攻击力，滚落到我们的鞋底下，那么，他最终将不得不舍弃这一念头：那些蠕虫十分真实，而在身边近距离拥有一条这样的生物，必将是一种临终的体验。

就在那一刻，我们从拱门那里看见的一段小插曲，无情地打消了我们对于蠕虫的尺寸的相对性所抱有的希望。

好几辆军方的卡车，包括之前我们见到的从广场前经过的那一辆，和其他的卡车一起，汇集成一列，朝着蠕虫的方向进发。我们看到它们在最靠前的那条蠕虫所在的高度停了下来。士兵们下了车，面对着这坨蓝色的庞然大物呈扇形分散开。在那里，已然不可能存在什么欺骗性：在怪物的身旁，人类就像是昆虫，可悲到毫无杀伤力可言。这一点，在他们开始用机关枪进行扫射的时候被得到证实。他们一枪都没有射偏（就像是瞄准了山体本身进行射击一样），然而他们可以继续发射直到永恒却始终保持着同样的结果，也就是说，一枪都没有射中。子弹就像是被扔进海里的小石子儿，消失在数以吨计的蓝色软肉之中。他们试了巴祖卡火箭筒、手榴弹，甚至还有一架被安装在其中一辆卡车顶部的高射炮，结果却总是可笑的徒劳无功。最后，当这条蠕虫的身体的一部分，在盲目地向前爬行的时候，滑过了山坡上一个陡峭的斜坡，并一路翻滚着，像一个巨大的擀面杖一般，碾过卡车和人群，把它们彻底地给轧扁了。幸存者们惊惶地四下逃窜。而我们周围的人群，则打破了随着这些事件发生以来一直被保持着的、被吓呆了的沉默，我开始听到哭泣声和痛苦的尖叫声。这是对最坏的悲观情绪的确认。有人指向另外一个地方，朝着另一侧，那里正发生着另一场灾难：是那条穿越荒野离开山谷的公路。另一条蠕虫落到了由一连串想要逃离的小汽车所组成的密集队列上，造成了无法计数的伤亡。队列陷入停滞，人们弃车逃跑，朝着城市的方向，在灌木丛和岩石之间乱窜。无法逃生。这就是最终的结局。人们害怕的目光，再次回到了我们周围那些古老的殖民地建筑群上：城市本身似乎又成了有可能的、最后的避难所，然而，认为它那些脆弱的墙壁可以抵挡住那些蠕虫的重量，则是不切实际的幻想。

集体意识又回归自身，在对恐惧的反应中验证正在发生的事情的真相。在这一还原行为中，它也传达到了我的身上。和那么多的人一样，也许和所有人一样，我一直都认为，在一场真正的集体灾难中，我能够找到我的梦想的实质，把它握在手里，为它塑形，直到最后；就这样，到了某一刻，对我而言，一切都会被允许。会需要像是地震、行星碰撞、战争那样巨大而又普遍的事物，以便使环境变得真正客观，并为我的主观性提供空间以控制行动的走向。

然而即使是在极端客观的情况下，也会表现出主观的部分。我之前已经给出的巨大灾变的例子，事实上并不能算是例子，没有包括巨型蠢笨生物群的入侵……那在现实生活中是永远不会发生的；它源自一种狂热的想象，在这个案例里则来自我的想象，并作为我个人生活的隐喻向其回归。

如今已经是时候，去做出另一种水准的改变，另一种"诠释"。然而，它是如此彻底，以至于使这个故事的发展脉络完全转向，并精准地从原先我们停下来的地方又重新开始。

那是因为，在之前的"诠释"中代表着我的那个人物的思想过程，从论证集体灾难的益处的那一刻开始，完全地被融入到虚构之中，所有的悬念被恢复，而对于先前的"诠释"，包括生成那些"诠释"的过程本身，启动了一项概括性的重新诠释。

正如同在对一个噩梦进行解析的时候，我产生了一个突如其来的疑问：会不会是我的过错？由因及果，这似乎是荒谬的，一个极端的案例，甚至像漫画那样夸张，微小的原因和严重的后果之间不成比例。但是，一件事会带动另外一件事情的发生，并且在令人眼花缭乱的进程中变得合情合理。我对自己的这些"诠释"追根溯源，一直追溯到所有这些"诠释"的根基，追溯到象征着它们的起源的装置。蠕虫们的行进在我脑海中被倒放，它们和往下爬的时候一样，伴随着那种盲目的粗暴莽撞的姿态，开始向上爬，一路上将我的构想夷为平地，从被轧扁了的残骸上，升起了回忆的云烟，回忆的幻影。

那是因为我已经把一切都给忘了。制造思想的那套系统，也同样负责去擦除它们，形成一道道贯穿了所有的层次的、蜿蜒曲折的空白带。一个人如何能在短短的一生中拥有那么多的记忆缺失呢？这一点难道不是用来支持投胎转世的理论的吗？

当然，还有那种"盲目的翻译 / 诠释"，通过机械地转换语言而不是通过其内在的含意来完成，也就是那些职业翻译在遇到一台机器或是一项进程所做的技术性的详细描述时所采取的做法……为了搞清楚是什么，他们应该查阅关于这个主题的说明手册，去学习一些他们不懂或是不感兴趣的东西……然而这并不是必需的！只要逐句地、正确地翻译出整页文字，翻译就能算是完成得不错的了，而译员们则心安理得地，依然和一开始的时候一样缺乏相关知识，并将会为他们的工作收取费用。毕竟，人们向其支付报酬，是因为他们懂得那门语言，而不是因为他们熟知那些主题。

巨大的蓝色蠕虫群所组成的大旋涡，有一个倒置的中心点，位于山上的某一处。从那里，它们诞生出来，并在变得可以被看见之前，沿着山顶崎岖的外沿滑落，就像是轮盘赌上的转珠一样，直到在任何一个点上停下来，化成实体并开始向下爬。它们的数量是如此之多，又迸发得如此频繁，以至于它们从圆周（在这个轮盘上所有的号码数字都同时被开出）的所有的点上同时向下涌现。而那个涌现出来的洞口，我能找到它在哪里，并且，除了我以外没有人可以做到这一点：那是我的克隆器。不可能是别的什么。那么多年全身心地致力于操纵克隆物质，已经使我具备了用来辨认它的第六感。这些蠕虫具备其全部特征；它自身的无节制性，除了那种唯有克隆可以制造出来的、不受控制的细胞增殖之外，还有可能来自何方？官能性的生命体有着不可逾越的极限。当时我首先想到的，是那台设备已经坏了，发了狂。但是我立刻纠正了自己；那种念头只适合消费社会的市民，买了一台微波炉或是摄像机并被那一设备的复杂程度所打败。我的情况并非如此，因为是我把克隆器发明出来的，没有人比我更明白，它的机理是绝对不会出错的。

我已经说过，这些蠕虫的颜色和质感，是它们身上最为引人注目的地方。正是它给了我头绪，知道该如何去解开那团乱麻。因为那个颜色，那种如此特殊的亮蓝色，从最初那一刻开始就使我想到了黄蜂为我带来的卡洛斯·富恩特斯的那个细胞的颜色……尽管当初我在那个细胞上看到那种颜色的时候，它并没有能够像现在这样，铺满一整片巨大的、蜿蜒起伏的表面，如此强烈地激发起我的联想。

如今我明白了我曾在其他地方见过这种颜色，就在一周之前，获取细胞的同一天见过它。在哪儿呢？就在卡洛斯·富恩特斯当天戴着的那条闪亮的领带上！一条华丽的意大利天然真丝领带，系在一件一尘不染的白色衬衫上……还有那套浅灰色的西装……（一个记忆引发了另一个记忆，直到完成整个画面）。伴随着这一毋庸置疑的可怕事实，我清楚地意识到了错误的程度。黄蜂给我带来了卡洛斯·富恩特斯的领带上的一个细胞，而不是他身上的细胞！一阵低语从我的双唇溢出：

"愚蠢的黄蜂，去你妈的混蛋！"

"什么？"奈莉惊讶地问道。

"不，你别理我，我自己明白。"

事实上，我不能怪它。所有的过错都属于我。那个可怜的一次性克隆工具，它又如何能够知道那个男人的身体到哪里结束，而他的衣服又是从哪里开始的呢？对它而言，都没有区别，全都属于"卡洛斯·富恩特斯"。毕竟，对于参加大会的评论家和教授们也会是一样的，若是要他们说出这个男人到哪里结束，而他的著作又从哪里开始，他们也会遇到困难；对他们而言，这一切也都是"卡洛斯·富恩特斯"。

我以最大的清楚程度看明白了这一点：那个蚕丝细胞，

包含着生产蚕丝的桑蚕的DNA，而那个完美地运行着的克隆器，它所做的不过就是将信息进行解码并重新编码，并带来我当时所看到的结果。那些蓝色的怪物，不多也不少，仅仅只是桑蚕的克隆体而已，如果说它们已然被放大到了那种荒谬的尺寸，那也单纯是由于我把克隆器调到了"天才"模式进行工作。倘若是在其他场景下，当我看到，如此笨拙又富有破坏力的巨物因为通过生命的织造机而减弱其字面上的伟大程度时，我一定会伴着嘲讽的忧伤发出微笑。

我从这些思绪中，这些原先突然在我的脑海中涌现出来的思绪中，回过神来，急迫地需要去做些什么，什么都可以，以阻止那场迫在眉睫的浩劫。不幸的是，我并没有那种灵机一动计上心来的天赋。然而如今不是哀叹的时候，而应该采取行动。很快，我就会想出什么主意。而且，哪怕我没想出什么主意来，最终同样会取得好结果。如果是由我开始了这一切，那么我也能结束它。如果是从我这里诞生的，那么最后还是得回到我这里。不可能由于我的过错，而让成千上万无辜的人丧失生命，并使这座古老的城市只剩下断垣残壁。仅仅是灾祸的可能性，就会给我打上恶魔的光环。而我身为作家，性格是不具攻击性的。我怎么可能想要成为一个恶魔，成为世界的毁灭者呢！这是不

可能的。尽管，深入思考下去，由于水准的变化所产生的
创造力正体现在那里，因为我确实可能成为恶魔般的存在，
一个邪恶的怪物：那些事物在很大程度上是相对而言的，
任何人都能从其日常经验中得知这一点。

我抓住奈莉的肩膀，离开了聚集在拱门下的好奇的群
体。人群整个儿地解散了，男男女女们匆忙地开始了一场
并没有十分明确意图的运动。他们能做什么呢？藏身于某
个地下室？采取最后的补救措施？无论如何，总得要做些
什么。

奈莉还处于震惊之中。我把脸贴近她的脸庞，和她说
话，试图让她做出反应：

"我得做些什么。我觉得我可以阻止它们。"她怀疑地
看着我。我坚持说："如果还有人可以拯救这座城市的话，
那就是我。"

"但是要怎么做呢？"她结结巴巴地问我，一边向后掉
转视线。

"你得协助我。"比起其他举措，那条提议其实并不完
全确定，因为我当时还没有制订出行动计划。然而它的确
奏效了，因为她的眼中又重新流露出一种倾慕的神采。她
应该是想了起来，我乃是破解马库托之索的英雄，做出历
史性的壮举对我而言并不陌生。

我们并没有走得太远。事实上，我们恰好撞见了一辆空荡荡的车，发动机还在运转着，车门也开着；它的主人想必是已经汇入那群从拱门处展开观察的人之中。

"来吧！"我说。我坐上车然后握住了方向盘。奈莉坐到了一边。我们出发了。这是一辆出租车，一辆七十年代的老款庞蒂亚克，车身又长又宽，时至今日也只有在委内瑞拉的汽车才会是这样。

我担心街道已被封锁，然而并非如此。混乱所产生的瘫痪还继续存在于这座城市之中。我开始提速，并驶向高架桥所在的那条大道。我所能想到的唯一的解决方案，就是在那群不断诞生的巨虫之间闯出一条通道，抵达克隆器所在的地方，然后把它给关掉。我并不认为把克隆器的开关扭转到相反的方向，就能把那些蠕虫给重新吸收回去，然而也可以试上一试。目前，我得加速到底。我们如今已经在高架桥上了，可以清楚地看到那些蓝色的庞然大物从山上席卷而来。

"我们往哪里去？"奈莉问道，"我不认为我们能够逃出去。"

"我的意图并不是逃出去，正好相反。我会试图抵达它们不断涌现出来的那个地方。"在说完这些以后，我只能插入一个小小的白色谎言，因为我不想让她猜到我对这场灾难所应该负起的责任，"要做的就是关闭……它们冒出来的那个洞口，也许我能够让它们重新回到……地底深处。"

她相信了这一点。这个主意是荒谬的，然而也许在某种方式上它使人联想到了马库托之索的奥妙机关，我在那上面获得了胜利，并由此增强了这个主意的可信程度。

我继续向上开，越开越快。那辆破旧的庞蒂亚克像是要散架了一般，颤抖着发出一阵轰鸣声。驾驶行为让我恢复了部分业已丧失的协调性；熬夜和酒精使我身上的每个细胞都疲倦得要死。睡意让我崩溃。然而体内肾上腺素的涌动，使我保持着行动，并逐渐恢复了各项机能。

我沿着一条非常陡的小路左转，在第一个出口，狠狠踩下油门直到发动机开始咆哮。费了好大的劲，终于让这辆破车把我们带到了绕城的高速公路上。我向右转弯，在黎明的微风中行驶；从山丘上向下惊窜四散的蛇群和鼠群纷纷穿过柏油马路。从那里，我们可以看到所发生的一切的特写镜头。蠕虫的蓝色充斥着汽车挡风玻璃的整个视野。近处和远处，它们无处不在，毫不留情地前进着。我们所走的这段路过不了几分钟就会变得很危险。我们听到有一些石块砸到了车子的顶篷上，幸亏只是些小石块。我开始怀疑我的计划的可行性。抵达克隆器的位置貌似是一项不可能完成的任务。我们迟早得弃车，也许很快就得这么做；我希望至少能够抵达那个拐向山顶高寒之处的岔口；

但是我记得，当时为了放置那个设备，我从那里又继续徒步攀登了一个小时甚至更久。然而，因为现在事态正在加速发展，那段时间足以让这些蠕虫们将城市碾平。而且，还得假设我们能够设法躲开它们并成功抵达目的地。我们从一条蠕虫的对面经过，它正一路滑行着，离公路大概也就两百米远。如此近距离地看起来，它们完全势不可当。它那从远处看来如此清透的、那么像蠕虫的外形，在这里则变成一团蓝色的灰浆，某种云状物。奈莉用双眼贪婪地看着这一切，沉默无言。她将视线转向市区，好像在计算着距离不可避免的结局还剩多久。就在那一刻，我觉得她好像突然想起了什么，果然，她压抑着发出一声惊呼，并朝我看过来。

"塞萨尔……!"

"怎么了!"我一边说，一边从油门加速踏板上抬起脚来。

"我把阿梅丽娜给忘了!"

这一意外导致我惊慌失措。在那一刻，对我而言，阿梅丽娜比以往任何时候都更像是一个杜撰的人物，一则关于爱情的传说。因为我已屈从于再也不见她，她的名字就好像是从纯粹的语言学上的远方抵达我的耳畔。然而，奈莉的话语，传达出一种现实的紧迫性，迫使我采取更为实

际的观点，就好像阿梅丽娜这个人真实存在一般。当然，
她确实存在，毫无疑问。她就在城中的某一处，这座城市
沿着我们的右侧延伸开来，看上去小小的，如同一个愤怒
的孩子手中的城市模型，饱受威胁。我脑中浮现出弗洛伦
西娅的模样，我青年时代的爱情，年轻的、陷入爱河中的
弗洛伦西娅，三十年后我在阿梅丽娜身上看到了她重生的
样子。就像是在一个电影特写镜头一样，远处的东西看起
来显得很近，反之亦然。那些塑造了我的一生的、模糊不
清的爱情接力对象，旋转着，形成了一条闪烁着黑色光芒
的隧道，我则深陷其中。

"她在哪儿？"

"在她的家里。她一向睡到很晚，而且睡得很沉。我们
必须去叫醒她，告诉她都发生了些什么！"

那样做会让她获得什么？显然，什么也得不到。而对
我俩而言更是不可能有什么好处。然而，这个念头出于两
点吸引了我：首先，在狂野又紧迫的态势下，重新见到阿
梅丽娜；其次，则是因为这是一个理想的借口，可以用来
放弃重返克隆器所在之处那一不切实际的计划。在做出决
定的那一刻，我有着一种近乎孩子气的兴奋之情，因为奈
莉的话暗示出阿梅丽娜依然独自一人生活，没有结过婚，
而她，奈莉，则依然认为她与我有关，而她之所以决定在

这一最后的紧要关头提到她，只是因为我们的爱情故事是真实的，穿透过所有的诠释，赶赴约定……

"我们出发吧。"我说，"但是你得给我指路。"

她指了指高速公路的第一个出口，我转过弯来，轧得轮胎吱吱作响。我们把山脉和蠕虫甩到了背后，就像是在说：与我何干！我们沿着一条我不认识的大道重新朝着市里行进。她告诉我说，阿梅丽娜依然住在南希大厦的一间学生宿舍里，也就是数年前我造访她的时候的那一栋楼。那个地方并不远，虽然在一座那么小的城市里，没有什么地方称得上遥远。

交通变得更为拥堵了，尽管它仍然在流动着，因为没有人遵守交通信号灯。我问自己他们会去哪里。在露台上，人们依旧带着同样的期待、同样的惊恐、同样的茫然，朝着群山望去。没有采取措施，然而，他们又能做什么呢？汽车像疯了一样，全都朝着同一个方向行驶……

"它们去哪儿？"奈莉问道。

突然之间我明白了：去机场。我很惊讶之前我没有想到这一点；显而易见，其他人想到了。唯一的出路是从天上离开。但是，即使有一些私人轻型飞机可用，并有军用飞机即将到来，它们也无法拯救许多人，永远不可能拯救所有人。那条航线一般在十点抵达，在十一点起飞，倘若它没有被中断的话。然而既然它飞过来的时候载有乘客，那么，那些乘客本身就会想要占住飞机上的座位朝着加拉加斯返航。

一辆奔驰，狂按着喇叭，像是警笛一样，超过了我们。我在它的后排座位上，瞥见了卡洛斯·富恩特斯和他妻子严肃的侧影。他们也在向机场赶去。爱抱幻想的人儿！也许在某一架官方的飞机上会给他们提供座位？这个城市是这个州的首府，州长肯定能有一架飞机……但是我不认为在类似这样的"有能力者请自救"的危难时刻，在文学界身处高位的人会得到敬重。怎么可能！他们肯定，和其他许许多多的人一样，想要通过任何手段设法谋取飞机上的一个席位而已……我想起来了，我先前预订了11点的航班，事实上机票就在我的口袋里……如果能够追上那辆动力强劲的奔驰的话，我会把我的座位转让给他们的……我一直对卡洛斯·富恩特斯怀有好感；我并非毫无根据地选择他作为我的实验对象。我觉得自己很可悲。所发生的一切都是我的错，而如今，我并没有为了摧毁那项威胁（我是那个唯一能够那么做的人）而孤注一掷，而是被一种内心的、情感上的任性念头所支配，因为不负责任而感到羞耻。为了平息内疚的心情，我大声喊道：

"最多只会再耽搁我们几分钟而已。然后我们三个就上山去。"

她告诉我该在何处转弯，并继续指引我该如何复杂地绕行。她倾身向前，用一根手指指出我应该前进的方向。我不可避免地会看到她，并再一次，感觉像是第一次见到她一样。我再次发现了她的美丽，她的青春……对我来说有点太过了，然而就是如此。再次变得年轻起来，"既英俊又年轻"，正如她所说的那样。娇小的奈莉，她是神秘的，她的冷静和沉默掩护着某种牵涉到我的秘密……

接下来的故事有一段空白。我不知道在随后的几分钟里发生了些什么。也许我们没能抵达阿梅丽娜的住处，也许我们到了那里却找不到她，或是没能叫醒她。事实是，我猛然发现自己身处路面下方三十或四十米处，位于沿着峡谷流淌着的河流的岸边，那条幽深的峡谷纵向贯穿了整个盆地和城市。在我的身后，非常高的地方，是那座高架桥，把峡谷的各处连接起来的那些桥梁中最中心的那一段。一大群人从那里探出脑袋盯着我看。在我的面前，有一条蠕虫，几乎保持静止。我们相距不到二十米。很显然，这个怪物是一路滚落下来的：可以看到它坠落的痕迹，那些被放倒的树木，还有被碾碎的房屋。如今，它的同类们一定正在对这座城市进行着毁灭性的碾轧。我环顾四周。在那些被建在峡谷边缘的建筑物的阳台上站满了好奇的人群，观看着我俩的对峙。我认出了南希大厦，它那粉红色的墙壁散发出一阵幽暗的光芒，渲染着我们。

然而我得抓紧时间。紧迫感是当时唯一飘浮在我的记忆空白之上的念头。我的双手放在了那个外窥镜成像设备的纵杆上，而奈莉则握住了另一侧的杆子。我透过玻璃面板看到了她。我们是如何带着这个设备来到这里的？没有时间去回忆这一点，但是我可以想象得出来。一看到一只蠕虫落入河床深处，它所可能到达的最低点，我当时一定觉得，至少在几分钟之内，它可以任由我摆布，以尝试一项用来消灭它的实验。我们肯定是跑到了距此几百米之外的那个广场上去寻找那个外窥镜成像设备，又把它给扛了过来（这一点可以通过我全身上下所有的肌肉所感受到的疼痛证实），然后我俩设法从高架桥的桥面上降落下来：依然还悬挂着的那条粗绳可以为此作证。

我当时都不需要去思考那是一项什么样的实验，因为我的脑子，同步地，早已开始了所有的测算……

"再过去一点……这里……缓着点……"

可怜的奈莉努力着，大声地喘着气。我们把那个外窥镜成像设备给竖了起来，放到蠕虫的面前，并小心翼翼地让那些玻璃面板旋转起来。多一毫米或者少一毫米都会使结果完全不同。我看到蠕虫的影像被反射上去，并用指尖去触摸它那浮现在冷冰冰的玻璃上的影像。尽管它充满了威胁，野蛮粗暴，像是一座柔软的、被赋予了生命的摩天大厦一般具有致命的杀伤力，然则它是美丽的，宛如一项杰作。它的巨大、庞然，使我倾心。也许有史以来，从未有过类似的生物涉足大地，一种丝光蓝色的生物，被制作得如此精巧同时却又如此自然。它的魅力完全在于其宏伟壮观。它其实依然还是一个微型体，在它的身上实现了那种尺寸不受限制的自由。

我转过身，以便直视这条蠕虫。它又靠近了一些。尽管它没有脸，它的身上却弥漫着一种表情，我相信自己从中看出来，它对自己的诞生感到惊恐，因为不受人欢迎、又从自己也不情愿的地方一路滑落下来而感到难过不安。我本愿意花上几个小时去欣赏它。毕竟，我有理由认为它是我的杰作。我将来不可能再创造出同样的事物，哪怕我刻意计划这样做。是它的材质的紧密度，也就是，每个细胞都是由实质和非实质所构成的那一事实，赋予了它这种澄蓝的色调。似乎是我的目光使它兴奋了起来，它又重新开始前进，尽管很可能它根本就从未停止过前行。对它而言，可能都算不上是一下轻微的蠕动，却足以跨越我俩之间间隔的距离。奈莉躲到了我的背后，观众们则屏住了呼吸。我朝着它那惊人的巨大形体抬起视线，足有五层楼那么高。就是现在了，否则就永远不会有机会了。

正如所应该发生的那样，在那一刻，一缕阳光穿过了两山交会处，呈直线落到了外窥镜成像设备的玻璃上。我灵活地拨动着那些玻璃面板，以此将那黄色的聚焦点绘制出一个小小的正方形。我十分明白光学作用对于克隆细胞的效果。果然，蠕虫开始被其在玻璃上的倒影重新吸收。这一过程发生得很快，且十分顺畅，然而这一过程中还是不乏令人惊恐之处。那个外窥镜成像设备的结构颤抖起来，我生怕它会倾覆。我使出浑身的力量紧紧抓住它的一侧，并要求奈莉也从另一侧使劲。尽管她非常害怕，却还是服从了我的要求。当时看上去我俩似乎就快被卷成一片片要飞起来一样，但是我们还是稳住了，而那条大蠕虫则不断地被吸收进去……当它的实体只剩下不到十分之一的时候，它围绕着我们蜷曲了起来。我闭上了双眼。我能感受到它的滑动，几乎是蹭着我的身体在摩擦，而那种蓝色甚至透过我的下眼睑渗入了我的身体。当我抬起眼帘的时候，蠕虫已经停止了进入……或者更确切地说，并没有。只剩下最后一截蓝色的物质，也许正是因为是最后一部分，在奈莉的那一侧，它形成了一阵猛烈的旋风，席卷着向上，然而还是无力挣脱玻璃另一头的吸力，最终陷落下来。在那场动静中，它使我的朋友的一只鞋子飞了出去，我看到她的那只脚上受了伤。

那个外窥镜成像设备如今已然一片沉寂。我弯下腰去查看玻璃。就在那里，一个透明蓝色的带状护身符，已经被熔解成原子状态，并在一场激烈的交战后，和属于阳光的金色原子交融在了一起，处于一种不带攻击性的、艺术性的游戏之中，在几秒钟之内就能被消解。然而奈莉脚上的一滴鲜血，已经溅到了玻璃上。一束束的原子结构，带着血色，交织成螺旋形的旋涡，直至透明玻璃的尽头。

我走开了。一切都结束了。众人鼓掌欢呼，整个城市都开始听到欢天喜地的鸣笛声。那一整群巨型蠕虫已经全部消失了，消融在黎明的空气中。人们把它看作是一项奇迹，当然，我本人显然知道克隆就是如此：一个，就是全部。

我检查了一下奈莉的那只脚，鲜血正大量涌出。这会儿已经陆续开始有成年人和少年人沿着山沟朝下走，最先抵达的那几人自告奋勇，把她给抬了上去；伤口并不严重，然而必须得带她到某间急救室去绑上一条绷带才行。我跟在他们后面往上走，当人们把她放入一辆小汽车里的时候，我告诉她说我将会搭乘上午的飞机离开，如同原先所计划的那样。她则许诺会去机场为我送行。

1996年3月8日

# 从创世伟业到虫子的狂欢：
# 跟着艾拉"一路向前"

━━━ 徐 泉 ━━━

# 从创世伟业到虫子的狂欢：
# 跟着艾拉"一路飞奔向前"

**徐　泉**

在2018年9月，孔亚雷老师与我联系，交流《智利之夜》①的读后感，并以翻译界前辈的身份，鼓励我继续保持文学翻译的初心，多从事翻译创作，因为"翻译文学作品，尤其是翻译与自己气质相通的优秀作品，是非常美好的事情。"我则向他表示："字斟句酌的翻译过程就像是走进一片让人又爱又恨的黑森林，须得历经千辛万苦才能靠近宝藏所在之处。在我看来，此间的关键在于译者对作者的认同感和契合度，取决于译者与作品之间那种不可言说的缘分和磁场。"于是，在不久之后，他向我郑重推荐了一部浙江文艺出版社正在筹备出版的

---

① 《智利之夜》（*Nocturno de Chile*，2000）系智利当代著名诗人、作家罗伯托·波拉尼奥（Roberto BolañoÁvalos，1953—2003）的中篇小说代表作，也是他首部被引入到英语世界的作品，中译本于2018年面世。

阿根廷中篇小说，塞萨尔·艾拉的《文学会议》。

起初我略为犹豫，因为当时我刚从艰深晦涩、耗时多年的《智利之夜》的翻译工作中抽身，希望能够休息一段时日，况且《文学会议》涉及科幻题材，我也诚惶诚恐，生怕在翻译关于基因克隆领域的专业术语时词不达意。然而，面对塞萨尔·艾拉这个在西班牙语文学界极富传奇色彩的名字，我依旧情不自禁，在收到原版小时的第一时间就开始阅读。

我与艾拉作品的首次邂逅是在2004年。彼时，在我的母校北京大学负责教授"拉丁美洲文学史及文学选读"一课的赵德明教授，通过细致的讲解和导读，为我们打开了一个全新的、令人目眩的迷人文学国度。在课业之余，我如饥似渴地阅读起"文学爆炸"中那几位著名大家的代表作。后来，出于篇幅的考虑，我又陆陆续续地阅读了大量的拉美中短篇小说，从此迷上了奥拉西奥·基罗加①、奥库斯托·蒙特罗索②和波拉尼奥，也

①奥拉西奥·基罗加（Horacio Quiroga，1878—1937）系乌拉圭著名小说家、诗人，被誉为"拉美短篇小说之王"，代表作为《关于爱情、疯狂和死亡的故事》。

②奥库斯托·蒙特罗索（Augusto Monterroso，1921—2003）系危地马拉作家，以短篇小说见长，在拉美"文学爆炸"一代中独树一帜，以著名的一句话小说《恐龙》享有盛誉。

逐渐接触到了更多塞萨尔·艾拉的作品，他独树一帜的文风给我留下了深刻的印象。作为一位已经出版了100多部作品的"宝藏"作家，艾拉以一己之力，给世界各地的读者构建出一个独具一格的文学小宇宙，难怪西班牙的《国家报》将他誉为"当今西班牙语文学界最具创新精神、最令人感到兴奋与震撼，也是最具颠覆性的作家"。

而这本《文学会议》，其字里行间都洋溢着艾拉超尘拔俗的想象力、天马行空般的跳跃思维，以及奇妙荒诞的超现实主义风格。诚然，如波拉尼奥所言："一旦阅读了艾拉的小说，你就停不下来，还想读更多。"正是出于阅读时那种"一路飞奔向前"的独特体验，加之心中一直以来对于传播西班牙语文学的那份执着，让我决定再次静下心来埋头苦译。最终，历时一载有余，完成了这部译作。

纵观艾拉的整个创作生涯，从90年代开始，他尽力于打造"我"的形象，并反复进行解构和重塑。他那些充满"自传指向"的作品，不管题材和情节如何变幻，所有那些瑰丽夺目的奇思妙想和光怪陆离的脑洞，最终都指向同一个"我"，而这个"我"是完全的肉体，也是完全的思想，是"这些整体"的"相互交织重叠"。这一形式从内容上增强了小说情节的真实性，和其他虚构的成分结合在一起，虚实难辨，相互交融却又对立统一。《文学会议》同样以第一人称书就，虽然书名涉及"会议"，其故事情节与会议的关联却微乎其微，而主人公"塞萨尔"作为一名受邀参加文学会议的普通作家，对参加"那些令人厌倦的会议"也毫无兴趣。除了写作，这位贫穷的作家兼职从事翻译和戏剧创作（我们不妨将其视为艾拉对自己的又一次"克隆"），同时还秘密进行着人体克隆的科学实验——这不仅是他心中最神圣的"伟大事业"，也是整个故事的缘起。

这部中篇小说结构简洁明了，分为前后两个部分：《马库托之索》和《大会》。第一部分《马库托之索》作为故事的序曲，篇幅约占全书的十分之一，讲述了一个相对独立的故事。短短五千多字，借助生动的细节描述和长篇内心独白，生灵活现地向我们叙述了——善于观察世界的主人公，是如何在由于转机而获得的半天闲暇时光里，借助命运创造的偶然，利用自己"独一无二"的智慧，破解了举世闻名的"马库托之索"的奥秘，在声名鹊起的同时还意外获得了被海盗掩藏了数百年的巨大财富。就这样，直到第一部分的最后一句，主人公方才漫不经心地点出，他将搭机前往梅里达参加文学会议，并由此引出了小说的主体部分。

《大会》包括八个章节，情节呈"碎片化"，虽不十分连贯却又层层递进，一直发展到高潮部分那场扣人心弦的"人虫大战"，旋即戛然而止。在第一章，叙述的主题突然从"马库托之索"转向描述一名痴迷于基因工程的阿根廷科学家——"他用细胞、器官和肢体进行克隆实验，并且已经达到了能够随心所欲地复制出无限数量的完整生命个体的地步"。这位"科学怪人"梦想着借助克隆一位天才来达到其"掌控全世界"的终极目标，于是他派出了一只克隆蜂，取回了天才身上一个"呈现出一种带有透明光泽的、明净的蓝色"的迷人细胞，随后又将它置于便携式克隆器中，带至高山之巅进行孵化。至此，作者坦然向读者们宣告：这位非典型"疯狂科学家"正是他本人，而那位命中注定的克隆对象，恰是同样获邀参会的墨西哥著名作家卡洛斯·富恩特斯①。

①卡洛斯·富恩特斯（Carlos Fuentes Macías，1928—2012）系当代墨西哥国宝级作家，也是西班牙语世界最著名的小说家及散文家之一，代表作为《阿尔特米奥·克罗斯之死》《最明净的地区》等。

在随后的两个章节中，故事情节基本没有得到大的推进，主人公只是日日造访酒店的泳池消磨时光，试图以此缓解大脑的亢奋程度，被动地等待着克隆过程的完成。这些段落充满了许多内心思辨的过程：他试图对自己迅猛澎湃的头脑风暴的形成从生理上和哲学上进行探讨，揭示了其"一路飞奔向前"的思维特性和语言风格，略带嘲讽却又坚定地表示"会去舍弃我那一贯存在的、无比可爱的头脑亢进症，说到底就是因为它我才是我。"此外，主人公还详尽地描述了自己在泳池的躺椅上所进行的长时间的胡思乱想，关于完美、永恒、文学、克隆、变形、造物、宇宙、自由……这部分内容相对复杂且晦涩，往往语带双关，充满夸张的想象和离奇的比喻，给翻译过程制造了相当的难度，然而其所讨论的话题的哲理性和思想性却异常值得深思。

第四章则是我个人最为钟爱的部分，因为这段以克隆蜂为主角的小插曲生动简洁且富有真情。其情节主要围绕着作家为克隆蜂在山谷深处所做的葬礼而进行，通过对克隆蜂短暂的一生及其独一无二的功能特性的描述，不但揭示出这一克隆技术承载着多么大胆的想象力和先进性，而且从人文关怀的角度来看，即便是最为冷冰冰的科学家，对于诞生在自己手下的、凝结着超越了全部人类智慧的非生命体也饱含着脉脉的温情。

接下来，在第五章中，艾拉笔锋一转，开始回忆这位清醒的、充满理性的科学家昔日的罗曼史。正如他所咏叹的那样："爱情，它是非凡的缘分，是惊喜，是尘世的花朵。"多年前，在这座城市的同一个泳池边，塞萨尔对纯真甜美的文学少女阿梅丽娜一见钟情，因为她与他在少年时期疯狂而绝望地爱恋着的弗洛伦西娅长得一模一样；但是由于年龄的差距和已婚身份的限制，这份不可能的爱情已然被岁月埋葬，塞萨尔甚至不知道她如今身处何方。然而此时，在某个令人倦怠的午后，奇迹般地，他又突然见到了这位无法触及的恋人流动的幻影，飘荡在泳池上方的空气中，如梦似幻，寄托着无尽的思念和眷恋。

到了第六章，故事又重新回到了文学会议的日程上，以一场依附会议而举行的戏剧演出为主题。大学剧团排练了塞萨尔于多年前创作的一部以新时代的亚当和夏娃为主人公的喜剧作为献礼，并采纳了剧作家本人的提议，选择在梅里达机场进行首演，那里也是多年前他与阿梅丽娜最后一次会面的伤心地。在暮色的笼罩下，在热带雨林般的机场花园中，这部荒诞的爱情喜剧深深吸引住了包括卡洛斯·富恩特斯夫妇在内的全场观众，尽管在塞萨尔本人看来，剧情浮夸离奇，充满了暴力元素和逻辑上的不可能，且过于达达主义。它使他不由自主地回忆起多年前创作这部作品时，那段混沌又绝望的、脑海被暴力而血腥的幻觉所强占的黑暗时期，幸好最后他尚能求助于文学，依靠创作进行自我治愈并获得心灵的救赎。

紧接着，在第七章，塞萨尔在演出后的庆功宴上饮下了许多祝福的美酒，然后醉醺醺地与一群年轻的大学生前往酒吧和迪斯科舞厅彻夜狂欢，围绕着方才的演出中所使用的一项重要道具——一个巨型玻璃装置，疯狂地跳起舞来。在迷幻的灯光下，在经历了一连串激荡变幻的心路历程之后，他情不自禁地和阿梅丽娜的闺蜜，美丽性感却不那么聪明的女大学生奈莉开始接吻，并彻底沉沦于这个美丽的夜晚。

第八章伊始，塞萨尔和奈莉从宿醉中醒来，坐在街边的长椅上迷茫地观看着初升的旭日照射下宛若初生的世界。随后，就仿佛有谁突然触动了看不见的加速器一般，故事情节的发展轨道开启了狂野诡异的模式。在一片异常平和的寂静笼罩之下，远处的人群开始骚动。他俩努力跑到空旷处，却看到了仿佛B级电影般的恐怖场景：巨大的蓝色蠕虫从山顶上的某处不断诞生，向着城市袭来，将一切夷为平地。在这场集体性的灾难面前，人类的军队显得完全不堪一击，人们仓皇逃窜却又徒劳无功。在恍如末日般的惊恐之中，塞萨尔骤然明白自己就是这场浩劫的源头——这群美丽却致命的庞然大物正是他所引以为傲的克隆技术的产物：原来克隆蜂所取回的细胞并非属于人类，而是来自于富恩特斯当日所佩戴的蓝色丝绸领带。于是他决定孤注一掷，开车冲上山顶去消灭那群正源源不断地被复制出来的怪物，然而在这紧要关头，奈莉却突然要求动身去寻找阿梅丽娜。随后，塞萨尔莫名地丢失了一段记忆，等到他回过神来，已经身处河谷深处，正在众人紧张的关注之下，与一条巨型蠕虫展开对峙。在电光火石的一瞬间，结合他所熟练掌握的"光学原理"，借助一缕出现得恰到好处的阳光，通过巧妙地摆弄那个巨大的玻璃装置，他一举消灭了所有的怪物，成为拯救了整个城市的英雄。末了，他轻描淡写地告诉在搏斗过程中不幸负伤的奈莉，自己将乘坐上午的飞机离开，故事就此收尾。

很显然，作为一名深受欧美先锋派文学及后现代主义思潮影响的拉美作家，艾拉在这部作品中贯彻了反传统的精神：故事主题零散化，情节碎片化，语言跳脱，形式光怪陆离，充满了想象与幻想。整体而言，《文学会议》风格多变，跳出了类型小说的传统思维框架。它以探险寻宝类小说开篇，随即过渡成科幻小说，在再次转变成一部夹杂着惊悚离奇的"剧中剧"的爱情文艺作品后，最终又以恐怖电影的形式走向高潮。在阅读过程中，读者根本无法预料故事将走向何处，就像是坐过山车一样，跟着作者"一路飞奔向前"，在脑海中不费吹灰之力地构建出真实的画面感，淋漓尽致地体会着阅读的快感。同时，在小说节奏处理上，时而舒缓，配以大段的内心独白，时而紧张刺激，将读者的好奇心高高悬起；整体张弛有度，以翔实逼真的细腻描写搭配神秘莫名的大段留白，给读者提供了广阔的想象空间；而在大段类似意识流的心理刻画中，又特别强调用跳跃大胆的语言来描绘"我"那狂野奔放的思绪。

除了多变的风格和流畅大胆的叙述，艾拉尤其懂得通过制造悬念去触发读者的想象，并以此烘托"爱情""死亡""命运"等永恒的主题。以本书的女主人公阿梅丽娜为例，这个始终萦绕在塞萨尔心间的爱情象征，她的青春和美貌被反复描绘，她的名字在全书中共出现了21次之多，却始终只存在于塞萨尔的记忆、幻想或是其他女性角色的口中，从未真正露面，直到故事的末尾，始终保持着神秘的姿态，牵动着每一位读者的心绪，让其中最多情善感的那些人忍不住去猜测：她结婚了吗？依旧还住在这座城市里吗？她知道塞萨尔来梅里达了吗？她还认得出他吗？她是否在躲着他？她还爱着他吗？在塞萨尔和奈莉前去寻找她的那段时间里究竟发生了些什么？他们到底见到她没有？她是否因为岁月已经改变了彼此的模样而怯于现身？她会不会就藏身于那群屏息凝神的围观者之中呢？

同样的，在故事的结尾，当主人公的克隆计划因为一个令人啼笑皆非的乌龙事件而轰轰烈烈地走向了失败，看到"我"那原本野心勃勃想要征服世界的梦想，变成了"人类的末日"和"蠕虫的狂欢"，读者们在哑然失笑之余，也不禁会去猜想："我"是否真的甘愿就此离去？如果接下来，"我"和卡洛斯·富恩特斯在机场相遇，又会兴起怎样的波澜？壮志未酬又获得了一大笔财富的"我"，是否还会想要继续扮演造物主的角色，采取些什么别的行动？是在缜密布局后再次进行尝试、发起进攻，还是甘心就此偃旗息鼓？命运的偶然是否会将另一位"天才"或是别的什么事物送到"我"的眼前？最后的最后，在基因编辑技术日新月异并不断推陈出新的今天，面对着种种不可预知、不可研判的风险，伦理准则和法律界限能否始终走在前沿并确保被遵循？机遇和风险、危险和安全、进步和责任，我们所处的这个世界还是安全的吗？人类的命运是否依然还掌控在自己的手中？人类最大的敌人，始终就是人类本身！

说到这里，极具讽刺意味的是，尽管在第六章，"我"曾经通过一段内心独白，表明自己对于文学创作的态度："……我又一次屈服于愚蠢，屈服于那种为了创作而创作的轻浮，求助于类似机械降神那样出人意料的事物！"然而在小说末尾千钧一发的那一刻，作为人类的唯一救星的"我"，却正是借助那个像是杜尚的"大玻璃"抑或是"单身机器"的玻璃道具，利用所谓的"光学作用对于克隆细胞的效果"，轻而易举地战胜了克隆怪物，从而破解了危机并给整个故事画上了看似圆满的句号。这种善于自我剖析却又最终屈服，独自清醒却又饱含无奈，充满了自嘲意味的调调，在整本书中，包括在艾拉的其它作品中都一再被呈现，构成了其作品的另一个显著风格。

此外，值得一提的是，在翻译《文学会议》的过程中，我也深深感受到艾拉和波拉尼奥的一个共同点：他们都热衷于不动声色地旁征博引，就像是一种出于本能的炫技（尽管《文学会议》对读者要更为友好得多）。那必然是因为，在"作家"的身份标签之前，他们本都是博览群书的"读者"——尽管波拉尼奥和艾拉有着完全不同的人生经历，却都积极践行"以阅读充实和丰富生命的维度"的处世原则。他们本质上是同一类人：从青少年时期起就痴迷阅读，几乎天天都造访图书馆，博览群书，广泛涉略，以"书虫"自居，同时笔耕不辍，在文学创作中寻找生命的寄托。而对广大读者而言，阅读这类作家的作品，就如同打开了一个宝藏：除了那些含义隽永、引人深思的关于文学的哲理性讨论，他们还为我们打通了历史与现实，文学、艺术、哲学和自然科学之间的学科界限，为普通读者铺设了穿梭往来的通道。在《文学会议》中，艾拉不仅在行文中自然而然地提及达·芬奇、波格丹诺夫、德尔·坎波、罗塞尔、卡洛斯·富恩特斯、海森堡、笛卡尔、达尔文、杜尚、埃舍尔、布勒东等不同领域的诸多大师，还虚虚实实地设计了许多富有内涵的隐藏细节，大大增强了作品的互文性。

例如，在《马库托之索》的开篇，艾拉就对这处名胜进行了充分渲染："那是新大陆诸多的伟迹之一，是由不知名的海盗所留下的遗产，富有魅力的旅游名胜，也是一个找不到答案的谜团。这一精妙绝伦的奇特古迹，历经众多世纪却不曾被破解……在它的身上，小说中所描绘的海盗世界，变得真实、有形，留下活生生的印迹。"读到此处，我相信很多读者都和我一样，十分自然地联想到了"现代科学幻想小说之父"儒勒·凡尔纳，尽管此时一切元素都已被巧妙地植入到了拉丁美洲的风土人情之中。艾拉本人在某次采访中的回答："……历险记、海盗传奇都是我的最爱。我还记得十一二岁时阅读的海盗传奇，作者是法国作家儒勒·凡尔纳，多达二十一卷。"艾拉本人的讲述充分证实了凡尔纳对其产生的重要影响。

在后续的行文中，艾拉对于"马库托之索"的种种描绘，使它更为栩栩如生地浮现在每一位读者的眼前，尽管我们都知道，这一精妙绝伦的设计只存在于艾拉及其读者的脑海之中，在现实世界里并不曾真正存在。然而事实上，在委内瑞拉美丽的海滨城市马库托的海边，的确有一座名为"十五个字母"的宾馆。根据《文学会议》一书所述，"马库托之索"的起点"离酒店百来米远"，而那个方位，恰恰对应着匠心独具的"小城堡"①，也就是委内瑞拉著名画家及雕塑家阿曼多·雷维龙②最后的隐居所。我国读者可能还不太了解这位20世纪上半叶的杰出艺术家：尽管他被确诊患有精神分裂症，然而委内瑞拉政府还是因其璀璨的艺术才华而将其诞辰定为国家造型艺术日。雷维龙在欧洲学成归国后，于1921年和他的缪斯——女模特胡安妮塔·里奥斯，一起搬到了加勒比海滨小城马库托定居。最初他们只是建造了两间用棕榈叶编织成围墙的小屋，随后又逐步扩建并加固，使之成为一座被石头围墙环绕的"小城堡"，内附工作室、游泳池和高迪风格的小教堂。雷维龙夫妇

---

① "小城堡"（El Castillete）即"雷维龙之家"，位于马库托海滨，是马库托重要的文化和旅游胜地。1999年它在一场泥石流灾害中遭到严重毁坏，直至2018年5月10日（雷维龙诞辰暨委内瑞拉国家造型艺术日）才重新开放。

②阿曼多·雷维龙（Armando Reverón，1889—1954），委内瑞拉画家、雕塑家，以风景和裸体的印象派绘画闻名，其作品大多具有很强的民族性。2011年，纪念这位艺术家的同名电影《雷维龙》在委内瑞拉上映。

和一只鹦鹉、两只猴子和一条狗，共同生活在这些空间里。他们往往打扮成印第安人，或是他们想象出来的委内瑞拉原住民的样子，并鼓励访客们也这么做。慢慢地，"小城堡"变成了马库托的文化地标，而雷维龙也步入到其艺术生涯的"白色时期"，创作出了以马库托的热带海滨风光为代表的一系列佳作，将自己的名字和这座城市永远地联结在了一起。

所以说，该小说烘托了"马库托之索"显赫声名，反复描述和赞叹这一独具匠心的设计，字里行间都洋溢着艾拉向这位委内瑞拉本土艺术巨匠的敬意。在艾拉的笔下，"马库托之索"这一难解的谜题，本身也是他为读者设置的另一道谜题，只不过更为隐秘而已。类似这样的"彩蛋"，在全书中还有不少，为有心的读者提供了更为丰富的阅读空间，以及多重解读的可能性。

正如《出版人周刊》所评述的那样："在艾拉的妙笔之下，含混积蓄为秩序，谜团得以澄清，每个看似离题的叙述最终都自有其目的。"这一点，为我们钟爱艾拉及其作品，又多增添了一个理由。这部科幻题材的创作看似天马行空，充满了超现实主义的戏剧性效果，实则深入探究人类的生存困境，试图以文字抵御现代社会中那种身处边缘的孤独感，以及面对不可知、不可控的未来的焦虑感。我也由衷地希望，通过译者和编辑的共同努力，未来能有更多艾拉的优秀作品被带到读者们的面前，让这场来自阿根廷的"文学风暴"，缓解现世的孤寂与焦虑，为心灵带来慰藉乃至无形的力量。

2020年春于上海

塞萨尔·艾拉
作品导读

# 八十部小说环游地球：
# 艾拉博士的神奇写作

孔亚雷

# 八十部小说环游地球：
# 艾拉博士的神奇写作

**孔亚雷**

1953年，布宜诺斯艾利斯，一位叫贡布罗维奇的49岁波兰流亡作家写下了也许是文学史上最有名（也最伟大）的日记开头：

> 星期一
> 我。

> 星期二
> 我。

> 星期三
> 我。

星期四

我。

与此同时，同样在阿根廷，在一座距布宜诺斯艾利斯三百英里的外省小镇，普林格莱斯上校城，住着一个四岁的小男孩。他叫塞萨尔·艾拉。他也将成为一位作家——一位跟贡布罗维奇同样奇特的作家。（事实上，今天他已被广泛视为继博尔赫斯之后，拉丁美洲最奇特、最具独创性的小说家之一。）自然，当时的小男孩艾拉对此一无所知。跟世界上所有的四五岁儿童一样，对他来说，"将来"（以及"文学"，或"艺术"）还不存在。他还处于自己个人的史前期，其中只有永恒的当下，和一种"动物般的幸福"（尼采语）。多年后，已成为知名小说家的艾拉，对这种史前童年期有一段极为精妙的阐释：

神秘主义者和诗人们所梦寐以求的，对现实的直觉性吸收，是儿童每天都在做的事。在那之后的一切都必然是一种贫化。我们要为自己的新能力付出代价。为了保存记录，我们需要简化和系统，否则我们就会活在永恒的当下，而那是完全不可行的。……（比如）我们看见一只鸟在飞，成人的脑中立刻就会说"鸟"。相反，孩子看见的那个东西不仅没有名字，而且甚至也不是一个无名的东西：它是一种无限的连续体，涉及空气、树木、一天中的时间、运动、温度、妈妈的声音以及天空的颜色，几乎一切。同样的情况发生于所有事物和事件，或者说我们所谓的事物和事件。这几乎就是一种艺术作品，或者说一种模式或母体，所有的艺术作品都源自于它。

因而，他接着指出，所谓令人怀念的童年时代，也许并非我们通常认为的那种"天真的自然状态"，而是"一种无比丰富、更加微妙和成熟的智力生活"。这或许是我们听过的关于童年（也是关于艺术）最动人而独特的解读之一。它出自塞萨尔·艾拉的一篇自传性短篇小说——《砖墙》。"小时候，在普林格莱斯，我经常去看电影。"这是小说的第一句。它以一种异常清澈的口吻，从一个成熟作家的视角，回忆了自己童年时最要好的小伙伴米格尔，以及最热衷的爱好——看电影。而将这两者交织起来的，是一个叫"ISI"的游戏，其灵感来自他们看的一部希区柯克电影，《西北偏北》——在阿根廷放映时的译名是《国际阴谋》（那就是"ISI"这个名字的由来："国际秘密阴谋"的英文缩写）。这个游戏最基本的规则是保密："我们不允许向对方谈起'ISI'；我不应该发现米格尔是组织成员，反之亦然。交流通过放在一个双方商定的'信箱'中的匿名密件来进行。我们说好那是街角一栋废弃空房的木门上的一道裂缝……"于是，一方面，他们通过"密件"交流进行"ISI"游戏（编造某种迫在眉睫的危险，或者互相发出拯救世界的命令，或者指出敌人的行踪……）；另一方面，他们又假装已经彻底忘了"ISI"这回事，他们继续一起玩别的游戏，但从不提及"ISI"。至于为什么要制定这种奇妙的、自欺欺人的游戏规则，作者告诉我们那是因为：

> 机密是所有一切的中心。……（但）我们一定知道——很明显——我们不管做什么都不会引起大人们的丝毫兴趣，这贬低了我们机密的价值。为了让秘密成为秘密，它必须不为人知。由于我们没有其他人，我们就只能不让我们自己知道。我们必须想办法将自己一分为二，而在游戏的世界里，那也并非完全不可能。

将自己一分为二——这既是这个游戏的核心，也是这篇小说的核心：它事关写作本身。在写作，尤其是小说写作的世界里，"将自己一分为二"不仅可能，而且必须。因为写小说在本质上就是一种游戏，一种特殊的、"ISI"式的游戏：一方面，当然是作家本人在写；但另一方面，作家又必须假装忘记是自己在写（以便让笔下的世界获得某种超越作者本人的生命力，让事件和人物自动发展）。而且由于写作是一个人的游戏，作家就只能自己不让自己知道——他（她）必须"想办法将自己一分为二"。在很大程度上，这是个微妙的分寸问题。而对这一分寸的把握能力（既控制，又不控制；既记得，又忘记），往往决定了作品的水平高低。

就这点而言，塞萨尔·艾拉无疑是个游戏大师。（另一位奇异的小说家，村上春树，也表达过类似的观点，他在一次访谈中称写作"就像在设计一个电子游戏，但同时又在玩这个游戏"，仿佛"左手不知道右手在做什么"，有种"超脱和分裂感"。）所以，《砖墙》被置于《音乐大脑》——他仅有的两部短篇小说集之一（另一部是《塞西尔·泰勒》）——的开篇，也许并非偶然。写于作家62岁之际，它并不是那种普通的追忆童年之作，而更像是对自己漫长（奇特）写作生涯的某种总结和探源。于是，只有将它放到塞萨尔·艾拉整个写作谱系的背景下，我们才能发现它所蕴藏的真正涵义——就像一颗钻石，只有把它拿出幽暗的抽屉，放到阳光下，才能看见那种折射的、多层次的、充满智慧的美。

塞萨尔·艾拉与贡布罗维奇几乎擦肩而过。1967年，当18岁的艾拉来到布宜诺斯艾利斯（此后他便一直居住在这座城市），贡布罗维奇刚于四年前，1963年，离开阿根廷去了欧洲——他再没回来过（他于1969年在法国旺斯去世）。但我们几乎可以肯定，艾拉读过贡氏那部著名的小说《费尔迪杜凯》。这不仅是因为那部小说的知名度和艾拉巨大的阅读量，更是因为《费尔迪杜凯》本身：一个三十多岁的落魄作家突然返老还童，变成一个十几岁的少年？一场试图砸破所有文明模式——从学校、城市、乡村到爱情、道德、革命，甚至时空——的荒诞疯狂冒险？这听上去几乎就像是从塞萨尔·艾拉的八十部小说中随便挑出的某一部。

八十部？对，你没听错。八十部。（事实上，这个数字还在增加，因为他还在以每年一到两部的速度出版新作。）迄今为止，艾拉先生已经出版了八十（多）部小说。它们有几个共同点。首先，它们都是字数在四到六万之间的微型长篇小说。其次，它们在文体和题材上的包罗万象，简直已经达到了某种人类极限。它们囊括了我们所能想到的几乎所有小说类型：从科幻、犯罪、侦探、间谍到历史、自传、（伪）传记、书信体……而它们讲述的故事包括：一个小男孩因冰激凌中毒而昏迷，醒来后成了一个小女孩；关于风如何爱上了一个女裁缝；一个十九世纪的风景画家在阿根廷三次被闪电击中；一种能用意念治病的神奇疗法；一个小女孩受邀参加一群幽灵的新年派对；一个韩国僧侣带领一对法国艺术家夫妇参观寺庙时进入了一个平行世界；一个政府小职员突然莫名其妙写出了一首伟大的诗歌……但在所有这些犹如万花筒般绚烂的千变万化中，我们仍能确定无误地感受到某种不变、某种统一性。那就是叙述者——塞萨尔·艾拉——的声音。这是那八十多部作品的另一个共同点：它们都是某种奇妙的矛盾混合体——尽管在想象力上天马行空，极尽狂野和迷幻，它们却都是用一种清晰、雅致而又略带嘲讽的语调写成。其结果便是，当我们翻开他的小说时，就像跌入了一个彩色的真空旋涡，或者《爱丽丝漫游仙境》中的兔子洞：一方面是连绵不绝、犹如梦境的缤纷变幻；但同时另一方面，我们又仿佛飘浮在失重的太空，感到如此悠然、宁静，甚至寂寥。

要探究塞萨尔·艾拉的这种矛盾性，我们可以从两方面入手：他的写作源头和写作方式。所有好作家（及其风格），在某种意义上，都是自我教育的结果。（我们并不否认民族和地域的重要性，尤其是考虑到拉丁美洲——作为魔幻现实主义的大本营——一向盛产如热带植物般奇异而繁茂的作家，但那又是另一个话题，这里暂且不加讨论。）虽然塞萨尔·艾拉常被拿来与自己的著名同胞博尔赫斯相提并论，虽然他们的作品都有博学、玄妙和神秘主义的倾向，但实际上他们的品味和气质却有天壤之别，因为他们的自我教育方式完全不同。博尔赫斯的写作源头是父亲的私人图书室，是《贝奥武夫》《神曲》和莎士比亚、古拉丁语、大英百科全书——总之，典型的高级精英知识分子；而塞萨尔·艾拉呢？是在家乡小镇看的两千部商业电影（大部分都是侦探片、西部片、科幻片之类的B级电影），是鱼龙混杂无所不包的超量阅读（平均每天都要去图书馆借一两本），以及上百本仅在超市出售的英语畅销低俗小说（他甚至将它们都译成西班牙文卖给了一个地下书商）。所以，很显然，上述那些"神奇"的、散发出强烈"B级片"风味的故事情节正是源自这里：盛行于二十世纪五六十年代到八十年代的通俗流行文化。

　　而与这一源头形成鲜明对比的，是塞萨尔·艾拉的写作方式。虽然拜波普艺术所赐，通俗文化产品的地位有所提高，但在本质上它仍然是反艺术的，决定这一点的是它的制作方式：模式化和速成化。但塞萨尔·艾拉的写作方式却正好相反，它缓慢、严肃、精细——一种典型的、福楼拜式的纯文学写作。据说每天上午他都会出现在布宜诺斯艾利斯的某家咖啡馆，一边喝咖啡一边写上三四个小时，也许只写几个字，或者几十个字，最多不超过几百个字，日复一日，年复一年，从不中断。但跟福楼拜不同（事实上，跟世界上所有其他作家都不同），他从不修改。（是的，你没听错。从不修改。）也就是说，比如，不管周五时觉得周三写得如何，都绝不放弃或修改周三写下的东西——就好像不可能放弃或修改周三说过的话，或做过的事，仿佛作品就是人生，同样不可能更改或修正。他甚至给自己这种写法取了个名字："一路飞奔式写作"。

这怎么可能？毕竟，如果说小说世界有优于现实世界之处，那就是它更为有序，而这种不露痕迹的有序通常是作家反复打磨修改的结果。所以这只有两种可能：一，他写得极其谨慎而缓慢；二，传统小说世界中的有序——故事情节、逻辑推进、道德（或社会）意义——对他毫无意义，毫不重要。

也许那正是为什么他的作品题材如此多变的原因：故事对他毫不重要。所以他可以随便使用什么故事——任何故事。如此一来，还有什么比流行通俗文化更好的故事资源吗？还有什么比它们更可以信手拈来，更加取之不竭、引人注目、多姿多彩吗？

对流行文化进行文学上的回收再利用，这显然并非他的独创。后现代文学中的"戏仿"由来已久。最典型的例子莫过于唐纳德·巴塞尔姆的《白雪公主》和托马斯·品钦的《万有引力之虹》。（前者的戏仿对象是格林童话，后者则是侦探和战争小说。）但似乎是为了平衡文本的轻浮与滑稽感，这些戏仿作品往往被赋予了某种道德重量——想想《白雪公主》中强烈的社会批判，以及《万有引力之虹》中的战争和性隐喻。但塞萨尔·艾拉不同。虽然他的叙述语调也略带嘲讽，但那是一种优雅的、有节制的、托马斯·曼式的嘲讽。他那些表面令人眼花缭乱的作品，更像是对空洞流行文化的一种"借用"，一种"借尸还魂"。或者，换句话说，他是在用无比精致的文学手法描述一种无比空洞的内容。

这才是塞萨尔·艾拉的文学独创：一种奇妙的空洞感。要更好地揭示这一点，我们还必须借助那篇《砖墙》。"最近有人问起我的品味和偏好"，小说的叙事者——即小说家本人——告诉我们，"当提到电影和我最爱的导演，对方提前代我回答说：希区柯克？"他说是的，然后他说如果对方能猜出他最爱的希区柯克电影，他会对其洞察力更加钦佩。

对方想了想，自信地报出了《西北偏北》（而它恰好也是"ISI"游戏的灵感来源）。对此，塞萨尔·艾拉分析说：

> 这让我怀疑《西北偏北》与我想必有某种明显的类似。它是部著名的空缺电影，一次大师的艺术操练，它清空了间谍片和惊悚片中所有的传统元素。由于一帮笨得无可救药的坏蛋，一个无辜的男人发现自己被卷进了一桩没有目标的阴谋，而随着情节的展开，他能做的只有逃命，根本不清楚到底怎么回事。环绕这一空缺的形式再完美不过，因为它仅仅是形式而已，换句话说，它无须跟任何内容分享自己的品质。

在这里，塞萨尔·艾拉清楚地点明了自己的秘密：他写的是一种空缺小说。所以，如果说那些通俗文化产品表面上的多姿多彩是为了掩饰其内容的空洞无物，那么对塞萨尔·艾拉的作品而言，它们的多姿多彩恰恰是为了凸显其内容的空洞无物。因为只有如此，才能让环绕这种空无的形式显得"再完美不过"，才能让形式"仅仅是形式"，而"无须跟任何内容分享自己的品质"。

于是，这样看来，塞萨尔·艾拉似乎已经完成了福楼拜的夙愿：写出一种没有内容只有形式的小说，一种纯粹的小说（尽管他采用的方式是极为拉美化的——因极繁而极简，因疯狂而冷静，因充实而空无）。但我们仍无法满足。仅仅是形式？什么形式？而那"无须跟任何内容分享自己的品质"又是什么品质？

我们对后现代文学中的形式创新并不陌生。从法国"新小说"的极度客观化视角（以罗伯-格里耶的《橡皮》《嫉妒》为代表），到对各种新媒体的兼收并用（比如在珍妮弗·伊根的《恶棍来访》中，有一章完全是用幻灯片呈现）。但塞萨尔·艾拉似乎对这种叙述方式的创新毫无兴趣——他的笔法和结构，正如我们之前说过的，一向简朴而精确，简直近乎古典。（如果用电影做比喻，他与另一位拉美后现代文学大师波拉尼奥的区别，就是希区柯克与大卫·林奇的区别。）那么他所谓的"形式"和"品质"到底是指什么呢？也许我们可以从他另一部具有浓郁自传性的小说《艾拉医生的神奇疗法》中找到答案。

《艾拉医生的神奇疗法》——这一标题就颇具意味。虽然化身为医生，我们仍可以一眼看出那就是塞萨尔·艾拉本人。名字一模一样自不用说（而且"医生"这个词，无论在英语还是在西班牙语里，都有"博士"的意思），难道

还有什么比"治疗"更适合用来象征"写作"吗？小说的
开场是这样的：

> 一天清晨，艾拉医生突然发现自己走在布宜
> 诺斯艾利斯某街区的一条林荫道上。他有梦游
> 症，在陌生但其实很熟悉的小道上醒来也没什么
> 奇怪的（熟悉是因为所有街道都一样）。他的生
> 活是一种半游离半专注、半退场半在场的行走。
> 在这种交替中，他创造了一种连续性，即他的风
> 格，或者说，如果一个周期结束，也就创造了他
> 的生命——他的生命将一直如此，直到尽头，直
> 到死亡。

我们完全有理由将这段话视为一种隐晦的自传，不是
吗？"一种半游离半专注、半退场半在场的行走"——这不
禁叫人想起"ISI"游戏（想起"ISI"游戏式的写作，确切
地说）：我们必须将自己一分为二。事实上，在小说的第二
章，当艾拉医生开始写作自己那部活页形式的、带有百科
全书性质的毕生著作《神奇疗法》时，他已经表现得越来
越像小说家艾拉（而那部著作，显然是在暗指艾拉本人的
八十多部小说——就像巴尔扎克的《人间喜剧》，它们也可

以被合称为《神奇写作》）：

> 写作收纳一切，或者说写作就是由痕迹构成
> 的……究其本源，写作的纪律是：控制在写作本
> 身这件事上，保持沉稳、周期性和时间份额。这
> 是安抚焦虑的唯一方式……多年以来，艾拉医生
> 养成了在咖啡馆写作的习惯……习惯的力量，加
> 上不同的实际需求，让他到了一种不坐在某家热
> 情的咖啡馆桌前就写不出一行字的程度。

但不管怎样，让我们继续假装那不是艾拉作家，而是
艾拉医生。（因为阅读小说，在某种意义上，也是一种
"ISI"游戏，我们也必须将自己一分为二：既知道那是虚
构，又假装那是真的。）在经历了一场好莱坞式的闹剧之
后，我们终于抵达了小说的最高潮——为拯救一名垂危的
富商，艾拉医生决定当众施展他的神奇疗法：

> 真相大白的时刻近了。
> 真相就是他还没决定好要做什么。最近两天
> 他琢磨了各种办法，但并没什么把握，就像最近
> 几十年一样，自从年轻时领会到神奇疗法的那个

遥远的一天起。从那时到现在，他的想法基本保
持原样……总会有办法的……只要时间向前走，
他一定会做出点什么。不是严格的即兴发挥，而
是在他一辈子的珍贵反思中找到那个恰好合适的
动作。这与其说是即兴，不如说是瞬时记忆训练。

所以，这就是艾拉医生（作家）的神奇疗法（写作）：
一种完全基于直觉的即兴发挥。所以塞萨尔·艾拉作品中
独特的"形式"和"品质"不在于写作形式上的创新，而
在于写作方式上的创新——那是一种完全地、几乎百分之
百依赖直觉的写作（那也是为什么他写作极为缓慢，且从
不修改的原因）。如果说所有小说家或多或少都在玩着
"ISI"式的游戏，那么没有人比塞萨尔·艾拉玩得更彻底，
更疯狂——但同时也更冷静。

那是一种孩子式的冷静（兼疯狂）。因为这种彻底的直
觉性写作，意味着要有一种超常的直觉力，而正如我们在
文章开头所引用的，塞萨尔·艾拉对童年和艺术起源的解
析："神秘主义者和诗人们所梦寐以求的，对现实的直觉性
吸收，是儿童每天都在做的事。"那也正是塞萨尔·艾拉的
每部小说都在做——或者说，竭力在做——的事：对现实
的直觉性吸收。于是他的小说常常让我们感觉像一种"无

限的连续体"，涉及星辰、超市、电影院、椴树、幽灵、狗、变老、阿尔卑斯山、睡眠、音乐、革命、暮色、马戏团……总之，"几乎一切"。于是，在《我怎样成为修女》中，在一支有毒冰激凌的引导下，一个六岁小男孩（或小女孩）展开了一场糅合了幻觉、悲伤和自我认知（一种情感上的"无限连续体"）的心理探险之旅；《风景画家的片段人生》则是真正的探险：一名流连于潘帕斯草原的德国风景画家竟然三次被闪电击中，虽然严重毁容，但他幸存了下来，并继续作画——极端的生理体验、壮阔的美洲风景与艺术的神秘交织在一起；而在《幽灵》中，我们将面对一个问题：如果收到来自另一个世界的派对邀请，你会接受吗——如果前提是你必须先去死？

相对于以马尔克斯为代表的"魔幻现实主义"，塞萨尔·艾拉或许更应该被称为"神奇现实主义"。因为"魔幻"这个词更偏于成人化，更有人工意味，所引发的寓言效果——正如马尔克斯在《百年孤独》中向我们展示的——更富含历史和政治性。而"神奇"则显然更接近童年和直觉，更轻盈、纯粹而超脱。但请注意，我们要再次回到文章开头塞萨尔·艾拉对童年的解读：这种童年式的"神奇"并非某种"天真的自然状态"，而是一种"无比丰富，更加微妙和成熟的智力生活"。于是相对应地，较之

《百年孤独》那种浓烈的历史和政治寓意，塞萨尔·艾拉的"神奇现实主义"所散发的寓言感，则显得既单调又丰富。单调，是因为它只要用一个字就可以总结："我"。而丰富，是因为这个时刻在对现实进行着"直觉性吸收"的"我"，一如塞萨尔·艾拉举例所用的"鸟"：在孩子（以及塞萨尔·艾拉的小说）那里，"我"不仅不是我，甚至也不是"无我"，"我"是"一种无限的连续体"，"我"就是一切，而一切也都是"我"。（既然是一切，当然就已经包含了历史和政治。）

我？为什么是我？你也许会问。因为"我"是直觉的最终源头。因为即使你抛弃一切，你也永远无法抛弃"我"。（因为仍然是"我"在抛弃。）"我"是最卑微而弱小的，但同时也是最基本、最强大、最高贵而永久的。"我"最繁复又最简洁，最充实又最虚空。这个"我"并不局限于狭窄的个人视角，而更接近一种无限的、孩子般的"忘我"。正是这个"我"，定义了塞萨尔·艾拉小说世界最核心的品质（或者说形式）：既一无所有，又无所不有。

于是，我们似乎完全可以套用贡布罗维奇那奇妙的日记开头，来形容塞萨尔·艾拉的八十（多）部小说。《艾拉医生的神奇疗法》：我。《我怎样成为修女》：我。《风景画家的片段人生》：我。《幽灵》：我。我。我。我。我。我……

　　但贡布罗维奇的"我"与塞萨尔·艾拉的"我"有本质的区别。《费尔迪杜凯》同样是一部关于"我"的小说。这不仅指小说主人公显然就是作者本人的缩影，更是指主人公"自我身份"的不停转化：他先是逃离了自己的作家身份，变成一个叛逆的中学生；接着他又逃离学校，穿越城市与乡村，成为一个局外人；当他来到姨妈的旧式庄园，他摇身变成了一名贵族；通过挑动农民反抗地主，他俨然又成了一名革命者；而当他最终逃离一片混乱的庄园，他发现自己又不得不扮演起多情爱人的角色……因此，我们看到，《费尔迪杜凯》中的荒诞历险实际上是一场永无止境的逃离——逃离各种各样的"我"。因为根本没有真正的"我"。在贡布罗维奇看来，所谓"自我"，不过是社会文明机器制造出的各种模式化的面具。不管怎样逃离，我们都逃不开一个虚伪的、造作的、角色扮演式的"我"。

　　而塞萨尔·艾拉则正好相反。如果说在他那流动、飘忽、时而令人晕眩的小说世界里有什么是固定不变的，那就是"自我"。对他（以及他赖以为生的直觉）而言，"我"不是文明社会的假面具，而是他在这个变幻无常、充满焦虑的世界中最后的，也是唯一的依靠。这种对"自我"的执着和固守，在他的另一篇短篇杰作《毕加索》中，通过一个身份认同的难题，得到了完美的展现。

那个难题就是：如果有个神灵让你选择，是拥有一幅毕加索的画，还是成为毕加索，你会选择哪个？初想之下，似乎任何人——包括故事的叙述者，一位小说家（显然又是艾拉本人）——都会毫不犹豫地选择后者。"谁不想成为毕加索？"作者自问，"现代历史上还有比他更令人羡慕的命运吗？""任何人处在我的位置都会选择第二项"，他接着说，因为它已经包含了第一项：毕加索不仅可以画出所有他喜欢的作品，而且保留了大量自己的画作——此外，变成毕加索的优点还不止如此，那还意味着能享受到他那无与伦比的创造极乐。但最终，这位叙述者还是选择了前者，原因是：

> 一个人要变成其他人，首先必须不再是自己，而没人会乐意接受这种放弃。这并不是说我自认为比毕加索更重要，或更健康，或在面对生活时心态更好。……然而，受惠于长期以来的耐心努力，我已经学会了与自己的神经质、恐惧、焦虑，以及其他精神障碍和平共处，或者至少能做到将它们置于我的控制之下，而这种权宜之计能否解决毕加索的问题就无法保证了。

这里有一种优雅的宿命感，一种平静的自认失败，一种甚至带着适度心碎的放弃。它们不时闪现在塞萨尔·艾拉那些充满自传性的短篇小说里。正如我们开头所说，这些短篇要被置于塞萨尔·艾拉的整体写作背景下，才能放射出其深邃之光——如果把他的八十多部微型长篇小说看成一个整体，一种活页形式的百科全书（《神奇写作》），那么这两部短篇集就是一种附录式的评注。

于是它们常常表现为某种神奇的自我指涉。比如，在短篇小说《音乐大脑》中，捐书晚餐、奇特的音乐自动播放机、女侏儒产下的巨蛋交错构成了一幅作者文学之源的象征图腾："在普林格莱斯的传奇历史中，由此产生的奇妙图案——一本书被精巧、平衡地放置在巨蛋顶上——最终成为市立图书馆创立的象征。"

在《购物车》中，"我"发现了一辆会自己滑行的神奇购物车，它整晚都在超市里"四处转悠"，"缓慢而安静，就像一颗星，从未犹豫或停止"，而"作为一名感觉与自己那些文学同事如此疏远和格格不入的作家，我却感到与这辆超市购物车很亲近。甚至我们各自的技术手法也很相似：以难以察觉的极慢速度推进，最终积少成多；眼光看得不远；城市题材"。

《塞西尔·泰勒》则以真实的美国先锋爵士乐大师塞西

尔·泰勒的生平为蓝本——由于艺术上过于超前而导致的
不间断受挫。我们很容易注意到这两个名字的相似：塞西
尔与塞萨尔。我们也同样容易注意到他们在艺术手法（及
受挫程度）上的相似："一路飞奔式"的直觉与即兴。

回到那篇《毕加索》。当主人公决定选择拥有一幅毕加
索的画（而不是成为毕加索，也就是说，选择固守那个
"我"），一幅中等大小的毕加索油画出现在他面前。画中
是一个立体变形的女王形象。作者意识到它是对一则古老
西班牙笑话的图解，那是关于一位没有意识到自己残疾的
瘸腿女王，大臣们为了巧妙地提醒她，特意组织了一场盛
大的花卉比赛，以便在最后请女王选出冠军时对她说出那
句"Su Majestad, escoja"，即"陛下，请选择"——但如
果把最后一个词破开读，意思也可以是："陛下是瘸子"。
作者接着指出，这幅画有好几个层次的意义：

> 首先是主人公瘸腿却不自知。人们有可能对
自身的很多事情无从知晓（比如，就拿眼前这个
例子来说，一个人到底是不是天才），但很难想
象一个人会连自己瘸腿这么明显的生理缺陷都意
识不到。也许原因就在于主人公的君王地位，她
那独一无二的身份，这使她无法以正常的生理标

准来评判自己。

"独一无二，正如世上也只有一个毕加索。"他接着说，"这里有某种自传性，关于绘画，关于灵感……"因为"到了三十年代，毕加索已被公认是画不对称女人的大师：通过一种语言学上的绕弯子来使一幅图像的解读复杂化，可谓另一种意义上的扭曲变形，而为了突出他赋予这种手法的重要性，他选择了将其安放到一位女王身上。"最后，他又提到了这幅画的第三层意义，即它的"神奇来源"：

　　直到那时，没有一个人知道这幅画的存在；它的奥妙、它的秘密，一直以来都尘封不动，直到它在我——一个说西班牙语的人，一个热爱杜尚和鲁塞尔（雷蒙德·罗塞尔，法国超现实主义文学、新小说流派的先导者）的阿根廷作家——面前显形。

　　显然，这三层意义有一个共同的核心：独一无二。无论是女王、毕加索，还是我，都是独一无二、不可替代的，都是宇宙间唯一的存在。这是一个近乎终极的对自我意识的审视。这是另一种意义上的，或许也是真正的一种"民主"：每个人都是平等的。每个人都觉得自己最重要（不管我们愿不愿意承认）。事实上，不仅是女王，每个人都无法以正常的标准来评判自己，不是吗？因为那是不可能的——就像一个人无法提着自己的头发离开地面。"自我"是一种精神上的万有引力，没有它我们就会飘向彻底的虚空。

但正如我们看到的，在塞萨尔·艾拉这里，这种对"自我"偏执狂般的沉迷没有散发出丝毫的骄傲自大。相反，它显得轻柔、谦逊而又坚韧，那个独一无二的"我"，似乎成了对抗这个支离破碎、充满复制和模拟的世界的最后武器。在可能是塞萨尔·艾拉最广为人知的小说之一《文学会议》中，一名失业的翻译家兼疯狂科学家，试图以墨西哥著名作家富恩斯特为原型，克隆一支军队来掌控地球。（又一个空洞的通俗小说外壳。当然，最终计划失败了，这似乎从另一个角度暗示了自我的独一无二性：自我不可能被复制——克隆。）在小说的前半部，主人公无意间神奇地解开了一个历史谜团，从而发现了一笔古代宝藏，对于这一成就，他分析道：

> 那并非说我是个天才或特别有天赋，完全不是。恰恰相反。……每个人的思想都有自己的力

量，不管大小，但总是独一无二的，那种力量属于他而且唯独属于他。这就使得他能够完成一项任务，不管那任务是伟大还是平庸，但唯独只有他才能完成。……除了读过的书，仅仅在文化领域，就还有唱片、绘画、电影……所有这些，加上自我出生起日日夜夜所经历的一切，给了我一个区别于所有人的思想构造。而那碰巧是解开希洛马库托之谜所需的；因此解开它对我来说简直轻而易举，毫不费力，就像一加一等于二那么简单。……我是唯一的一个；在某种意义上，我也是被指定的一个。

这显然是个巧妙的隐喻。它似乎在说，对于每一个人，世界上都有一个只为他（她）而存在，也只有他（她）能解开的谜。这一隐喻贯穿了艾拉博士的所有作品。借用他想必很喜欢的凡尔纳的小说标题：《八十天环游地球》，我们也许可以将塞萨尔·艾拉的所有作品总结为：八十部小说环游地球。但不管环游到何地，不管那些经历（故事）表面上多么光怪陆离，"我"仍然是"我"。"我"——那是最大和最后的局限，但也是最大和最后的安慰。甚至，也许那就是我们每个人存在的真正唯一目的——不然还能是什么呢？——去解开那个只有你才能解开的谜：生活。属于你而且唯独只属于你的生活。独一无二的生活。

**图书在版编目（CIP）数据**

文学会议/（阿根廷）塞萨尔·艾拉著；
徐泉译.—杭州：浙江文艺出版社，2021.1
　ISBN 978-7-5339-6052-0

　Ⅰ.①文…　Ⅱ.①塞…　②徐…　Ⅲ.①中篇小说—阿
根廷—现代　Ⅳ.①I783.45

中国版本图书馆CIP数据核字（2020）第040680号

**责任编辑**　王莎惠
**责任校对**　唐　娇
**责任印制**　吴春娟
**封面插画**　KUNATATA
**装帧设计**　尚燕平
**营销编辑**　张恩惠
**数字编辑**　姜梦冉

**文学会议**

[阿根廷] 塞萨尔·艾拉 著　徐泉 译

**出版发行**　浙江文艺出版社
**地　　址**　杭州市体育场路347号
**邮　　编**　310006
**电　　话**　0571-85176953（总编办）
　　　　　　0571-85152727（市场部）
**制　　版**　浙江新华图文制作有限公司
**印　　刷**　浙江新华印刷技术有限公司
**开　　本**　880毫米×1230毫米　1/32
**字　　数**　78千字
**印　　张**　4.625
**插　　页**　5
**版　　次**　2021年1月第1版
**印　　次**　2021年1月第1次印刷
**书　　号**　ISBN 978-7-5339-6052-0
**定　　价**　**45.00元**